英文 DNA—單字篇

中階英語單字

單字圖片＋簡明例句＋單字遊戲

目錄

字母	單元數	頁碼
A	11	P.004
B	8	P.026
C	18	P.042
D	10	P.078
E	7	P.098
F	8	P.112
G	5	P.128
H	5	P.138
I	6	P.148
JK	3	P.160
L	5	P.166
M	7	P.176

字母	單元數	頁碼
N	2	P.190
O	3	P.194
P	13	P.200
Q	1	P.226
R	10	P.228
S	17	P.248
T	8	P.282
U	1	P.298
V	3	P.300
W	3	P.306
YZ	1	P.312

序言

學習單字最有效率的方法，是先建立印象，再搭配文章閱讀。破解英文 DNA 單字系列，採用教育部公布 6000–7000 單字，並搭配簡短例句、圖片、遊戲。本系列單字收錄範圍如下：

《初階英語字彙》2000 字彙：國中、高中 L1-L2、英檢初級。
＊國中會考核心 1200 字以*標示
《中階英語字彙》2000 字彙：學測、統測、高中 L3-L4、英檢中級。
《高階英語字彙》2000 字彙：學測、高中 L5-L6、英檢中高級。

作者簡介

學英文若無特殊背景似乎很困難。甚至起步晚、單字缺，怎麼辦？

作者出身彰化，五專念工科，起步晚又且無環境，單字背了就忘。乃至學生時期，開始思考用圖片的學習方式，以致進步神速，最後攻讀英文系，並赴英美澳留學與工作多年，期間也攻讀不同領域的專業科目，徹底磨練英文，讓我人生改變許多。返台後成立《譯術館》出版社，創立《破解英文 DNA 系列》，希望改變英語教材，幫助學習者突破窘境，縱使沒有天份，用對方法，必能事半功倍。經歷簡介如下：

2004 年：畢業於修平技術學院，工業管理系。
2006 年：就讀靜宜大學及美國大學 University of Montana，專攻語法學。
2010 年：擔任國際貿易課長（美國、英國市場）。
2012 年：於澳洲攻讀 WEST(葡萄酒品鑑)證照，並於 Domaine Chandon、
　　　　　Two Hands Wines 等酒莊任職，負責葡萄酒授課、媒體接待等。
2014 年：美國學校 Hult International Business School 提供高額獎學金，
　　　　　前往美國就讀國際行銷學碩士，同時攻讀平面設計學程。
2015 年：前往英國倫敦修習學分，碩士論文與施華洛世奇 Swarvoski 進行開發案。
2016 年：電影《櫥窗人生》指定英文翻譯者。
2016 年：撰寫《破解英文 DNA 系列—文法篇》。
2018 年：創立《譯術館 Aesop》出版社，出版《文法篇》
2020 年：出版《學測閱讀篇》《指考閱讀篇》《統測閱讀篇》
2024 年：出版《初階單字篇》《中階單字篇》《高階單字篇》

單字有圖片，效果更加倍。

學習單字最有效率的方法不是死讀硬背，而是先建立印象，搭配文章閱讀。才能事半功倍喔！

本書採用 IPA 音標，與 KK 音標對照表如下：

單母音 Vowels			子音 Consonants	
IPA	KK	examples	IPA/KK	examples
緊音 [i:]	[i]	seat	[p]	put
鬆音 [ɪ]	[ɪ]	sit	[b]	bee
[eɪ]	[e]	page	[t]	tea
[e]或[ɛ]	[ɛ]	dead	[d]	dead
[oʊ]	[o]	no	[k]	cold, king
[o]或[ɔ]	[ɔ]	join	[g]	gold
[u]	[u]	food	[f]	fall
[ʊ]	[ʊ]	put	[v]	voice
[ɑ]	[ɑ]	father	[s]	soon
[ɒ]	[ɑ]	lot	[z]	zoom
[ʌ]	[ʌ]	sun	[θ]	thing
[ə]	[ə]	again	[ð]	these
[æ]	[æ]	apple	[ʃ]	shall
[ər] 或 [ɚ]	[ɚ]	player	[ʒ]	usual
[ɜ:r]或[ɝ]	[ɝ]	bird	[tʃ]	cheap
雙母音 Diphthongs			[dʒ]	jeep
[aɪ]	[aɪ]	wife	[l]	low, tall
[aʊ]	[aʊ]	loud	[r]	run, bear, rear
[ɔɪ]	[ɔɪ]	toy	[m]	moon, room, mom

註：IPA 音標使用[:]表示長音

註：IPA 的[e] 也可以標示為[ɛ]
　　　[ər]也可以標示為[ɚ]
　　　[ɜ:r]也可以標示為[ɝ]

[n]	no, fun, none
[ŋ]	thing
[j]	you
[h]	home
[w]	we

中階英語單字 (A1)

abandon [əˈbændən] 動 遺棄, 放棄

字源：a- (to) + ban 禁止 + on

You should never **abandon** your dog!
絕對不能棄養狗狗！

aboard [əˈbɔːrd] 副 登船, 登機

字源：a- (on) + board (n) 板子

The airplane crashed, killing all passengers **aboard**.
該架飛機失事了，機上所有乘客全數罹難。

absolute [ˈæbsəˌluːt] 形 絕對的, 完全的

I'm sure you will **absolutely** pass the exam.
我確信你絕對會通過這次的考試。

absorb [əbˈzɔːrb] 動 吸收

All plants **absorb** sunlight by nature.
所有植物都能吸收陽光。

abstract [æbˈstrækt] 形 抽象的 名 摘要

字源：ab- off (離開) + track 軌跡

I like **abstract paintings** by Picasso.
我喜歡畢卡索的抽象畫。

4

  單字遊戲

academic [ˌækəˈdɛmɪk] 形 學術的
註：academy (n) 學院

Mom expects a lot from my **academic performance**.
媽媽對我的學業表現有高度期許。

accent [ˈækˌsɛnt] 名 重音, 腔調

This guy speaks English with a **heavy accent**.
這傢伙說英文帶有很重的腔調。

acceptable [ækˈsɛptəbəl] 形 可以接受的
acceptance [ækˈsɛptəns] 名 接受, 許可
註：accept (v) 接受

This idea is not **acceptable**. 這個想法不能被接受。

I received a **letter of acceptance** from the college.
我收到了這所大學的入學許可函。

access [ˈækˌsɛs] 動 進入 名 入口, 管道, 使用權
have access to~ 可使用~

All students **have access to** the study rooms.
所有學生都可以使用自習室。

accidental [ˌæksəˈdɛntəl] 形 偶然的, 意外的
註：accident (n) 意外事件

John **accidentally** hit a car on his way home.
John 在回家路上不小心撞上了一台車。

5

中階英語單字 (A2)

accompany [əˈkʌmpəni] 動 陪同, 伴隨

字源：ac- (to) + company (n) 同伴

The old couple always **accompany** each other.
這對老夫妻總是相互陪伴。

accomplish [əˈkɑːmplɪʃ] 動 實現, 達成 (含有喜悅意感)
accomplishment 名 實現, 達成

字源：ac- (to) + complete 完成

I have **accomplished** my dream!
我已經實現了我的夢想。

accountant [əˈkaʊntənt] 名 會計師

註：account 帳戶

I need to hire an **accountant** to deal with taxes.
我需要雇用一位會計師來處理稅務。

accurate [ˈækjʊrət] 形 準確的, 正確的
accuracy [ˈækjʊrəsi] 名 準確(性), 正確(性)

Your guess is very **accurate**.
你的猜測非常精準。

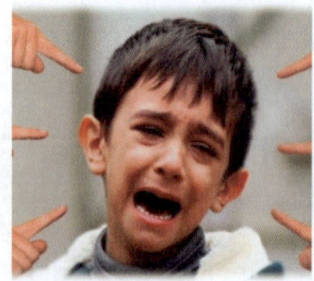

accuse [əˈkjuːz] 動 指控   be accused of ~ 被指控 ~

This kid **is accused of** stealing.
這個小孩被指控偷竊。

  單字遊戲

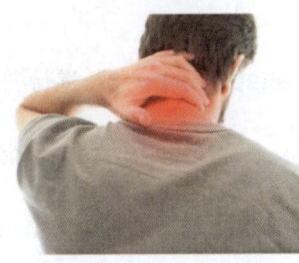

ache [eɪk] 動 名 疼痛

I didn't sleep well and now my neck **aches**.
我沒睡好，而現在我的脖子疼痛。

achieve [əˈtʃiːv] 動 達成 (含有努力意味)
achievement 名 達成, 成就

With hard work, anyone can **achieve** their goals.
只要認真努力，每個人都能達成目標。

acid [ˈæ.sɪd] 形 酸性的 名 酸

Acid rain is caused by the pollutants in the air.
酸雨是由空氣中的汙染物所造成的。

acquaintance [əˈkweɪntəns] 名 單純相識 (不熟)

註：acquaint (v) 認識

He is just an **acquaintance** from work.
他只是一個工作上認識的人而已。

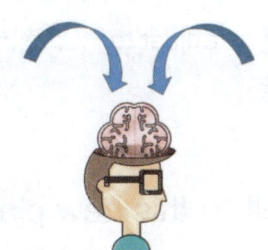

acquire [əˈkwaɪɚ] 動 取得, 獲得

Where did you **acquire** all your knowledge?
你是從何處獲取這麼多知識的?。

7

中階英語單字 (A3)

adapt [əˈdæpt] 動 適應, 調適   adapt to N ~ 對~進行調適

Chameleons change color to **adapt to** their surroundings.
變色龍能改變顏色來適應環境。

addict [əˈdɪkt] 動 沉迷, 上癮 [ˈædɪkt] 名 成癮者
be addicted to ~ 對~上癮

People **are addicted to** smart phones nowadays.
現在的人都沉迷於智慧型手機。

同義字：obsess

additional [əˈdɪʃənəl] 形 額外的, 增加的
註：add (v) 增加; addition (n) 加法

We offer ice cream with no **additional charge**.
我們提供免費冰淇淋，不用收取額外的費用。

adequate [ˈædəkwɛt] 形 足夠的

The money he makes is never **adequate** to him.
他所賺的錢對他來說從來不足夠。

同義字：enough 足夠的

adjust [əˈdʒʌst] 動 調整, 適應   adjust to ~ 調適為~
adjustment 名 調整, 適應
字源：ad- (to) + just 剛剛好 = 做調整

I find it hard to **adjust** myself **to** this new place.
我發現自己很難適應這個新環境。

8

  單字遊戲

admire [ədˈmaɪr] 動 崇拜, 愛慕
admirable [ˈædmərəbəl] 形 令人愛慕的
admiration [ˌædməˈreɪʃən] 名 崇拜, 愛慕

I **admire** your talent and hard work.
我景仰你的天賦與認真。

admission [ədˈmɪʃən] 名 許可, 認可, 入學申請

註：admit (v) 許可, 認可

I'm applying for **admission** to Harvard University.
我正在向哈佛大學提出了入學申請。

adopt [əˈdɑːpt] 動 採納, 收養

Mom, can we **adopt** this dog please?
媽媽，我們可以收養這隻狗狗嗎?

advanced [ədˈvɑːnst] 形 先進的, 高等的
advantage [ədˈvæntɪdʒ] 名 優點, 優勢

註：advance (v) 前進

The USA has the most **advanced** technology in the world. 美國擁有世界上最先進的科技。

adventure [ædˈvɛntʃə] 名 冒險

註：venture (v) 冒險 (n) 企業

We went on a thrilling **adventure** in the forest.
我們在森林林進行了一場驚悚的冒險。

中階英語單字 (A4)

advertise [ˈædvɚˌtaɪz] 動 廣告
advertisement 名 廣告

I use social media to **advertise** my products.
我使用社群媒體來廣告我的產品。

advise [ædˈvaɪz] 動 建議, 指點
adviser [ædˈvaɪzɚ] 名 顧問, 指導者 (=advisor)
註：advice (n) 建議, 指點

Your adviser will **advise** you through this report.
你的指導老師會引導你完成這次的報告。

afford [əˈfɔːrd] 動 負擔, 承擔, 買得起

My wage is too low! I **can't afford** a house!
我的薪資太低。我買不起一間房子。

afterward(s) [ˈæftɚwərd(z)] 副 之後, 後來

We never meet each other **afterward**.
我們從此之後就沒再見過彼此了。

基礎延伸字彙

agent [ˈeɪdʒɛnt] 名 代理人, 仲介
agency [ˈeɪdʒɛnsi] 名 代理機構, 仲介

He works as a **real estate agent**. 他是一位房屋仲介。

He works in a **real estate agency**. 他在房仲公司上班。

10

  單字遊戲

aggressive [əˋgrɛsɪv] 形 好鬥的, 兇的

You need to be **aggressive** sometimes.
你有時候也要兇一點。

agreeable [əˋgriːəbəl] 形 可認同的, 和善的, 愉悅的
註：agree (v) 同意

This plan is **agreeable** to everyone.
這項計畫令大家欣然接受。

He is an **agreeable** person. 他是一個和善的人。

agriculture [ˋægrɪˏkʌltʃɚ] 名 農業

We have been promoting **sustainable agriculture** for years. 我們多年來一直在推廣永續農耕。

airline(s) [ˋerˏlaɪn] 名 航線, 航空公司
字源：air 空氣 + line 線路

I fly with **budget airlines** due to my budget concern.
由於預算考量，我搭乘廉價航空。

alcohol [ˋælkəˏhɑːl] 名 酒精, 酒

You can't **drink alcohol** until you are 21 in the US.
在美國，未滿 21 歲不能不能飲酒。

中階英語單字 (A5)

alert [əˈlɜːt] 形 警惕的, 機敏的

Meerkats seem to **stay alert** for the whole time.
狐獴似乎隨時都保持警惕。

alley [ˈæli] 名 小巷, 弄

I live in a **small alley**.
我住在一個小巷子裡。

allowance [əˈlaʊəns] 名 津貼, 零用錢, 寬限
註：allow (v) 允許

My mom gave me some **allowance** to spend.
我媽媽給了我一些零用錢花。

almond [ˈɑːmənd] 名 杏仁

Do you want some **almond tea**?
你要不要喝一些杏仁茶。

alphabet [ˈælfəˌbɛt] 名 字母系統
字源：alpha + beta (希臘字母 α β)

The English **alphabet** consists of 26 letters.
英文字母系統包含 26 個字母。

  單字遊戲

alternative [ɒlˈtɜːnətɪv] 形 可替換的

註：alter (v) 改變, 更換

Do we have an **alternative** plan?
我們還有其它代替的方案嗎？

amateur [ˈæməˌtʃʊr] 形 業餘的 名 業餘從事者

Peter is an **amateur** photographer.
Peter 是一位業餘的攝影師。

amaze [əˈmeɪz] 動 使~驚奇
amazement   名 驚奇, 訝異

Wow, you speak six languages? I am **amazed**!
哇，你說六種語言？我好驚訝！

ambassador [æmˈbæsədɚ] 名 大使

註：embassy (n) 大使館

My dad works as an **ambassador** of the US.
我的爸爸是位美國大使。

ambiguous [æmˈbɪɡjuːəs] 形 曖昧的, 含糊不清的

They developed an **ambiguous** relationship.
他們發展出一種曖昧的關係。

13

中階英語單字 (A6)

ambition [æmˈbɪʃən] 名 雄心, 野心
ambitious [æmˈbɪʃəs] 形 有野心的

Nothing can be achieved without great **ambition**.
如果沒有雄心壯志，任何事情都完成不了。

ambulance [ˈæmbjʊləns] 名 救護車

Someone is hurt! Shall we call an **ambulance**?
有人受傷了！我們是否應該叫救護車？

amuse [əˈmjuːz] 動 逗~開心
amusement 名 愉悅　註：amusement park 遊樂園

Let's go to the **amusement park**! 我們去遊樂園玩吧！

We are not **amused** by his joke. 他的笑話不令人愉悅。

analyze [ˈænəˌlaɪz] 動 分析
analysis [əˈnæləsɪs] 名 分析

His job is to **analyze** the numbers and use them.
他的工作是分析數據並使用它們。

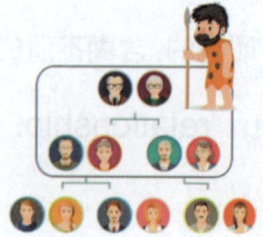

ancestor [ˈænˌsɛstɚ] 名 祖宗, 祖先

We might share a common **ancestor** in Africa.
我們可能皆來自於非洲的共同的祖先。

  單字遊戲

angel [ˈeɪndʒəl] 名 天使

She looks like an **angel** from the sky.
她看起來像是來自天上的天使一樣。

annual [ˈænjuːəl] 形 一年一次的 名 年刊

The Rio carnival is an **annual** festival in Brazil.
里約嘉年華是巴西一年一度的慶典。

anniversary [ˌænəˈvɜːsəri] 名 周年紀念日, 周年慶

字源：annual (a) 一年一度的

This store is having an **anniversary sale**.
這間商店正在舉行**周年**大拍賣。

announce [əˈnaʊns] 動 宣佈
announcement 名 宣佈

The host is going to **announce** the winner.
主持人即將宣布獲勝者了。

annoy [əˌnɔɪ] 動 惹惱

His constant joking started to **annoy** me!
他毫不間斷的玩笑開始惹惱我了。

15

中階英語單字 (A7)

anxious [ˈæŋkʃəs] 形 焦慮的
anxiety [ænˈzaɪəti] 名 焦慮

Where is my key? I'm getting **anxious** now!
我的鑰匙在哪裡？我開始焦慮了。

anyhow [ˈɛnɪˌhɑːw] 副 無論如何
同義字：anyway

My wife never listens to me **anyhow**.
我的太太無論怎樣都不聽我的。

apart [əˈpɑːrt] 副 分開地

A team without trust will eventually **tear apart**.
一個沒有互信的團隊最終會撕裂分開。

apology [əˈpɑːlədʒi] 名 道歉
apologize [əˈpɑːləˌdʒaɪz] 動 道歉

This is our fault. We **apologize** for this.
這是我們的錯。我們為此道歉。

apparent [əˈpɛrənt] 形 明顯的, 顯而易見的
字源：appear (v) 出現

Apparently, this candidate has won the election.
很明顯，這位候選人已經勝選。

  單字遊戲

appeal [əˈpiːl] 動名 討喜, 吸引, 呼籲   appeal to ~ 吸引~

She knows how to **appeal to children**.
她懂得如何吸引孩子。

applicant [ˈæplɪkənt]   名 申請人 註：apply (v) 申請
application [ˌæpləˈkeɪʃən] 名 申請, 應用

Your **application** has been approved.
你的申請已經獲准通過了。

appoint [əˈpɔɪnt]   動 任命, 指定, 約定   字源：point 點出
appointment   名 任命, 指定, 預約

He **is appointed to** a new position. 他被指派一項新職。

I have an **appointment** with Dr. Li. 我與李醫師有預約。

appreciation [əˌpriːʃɪˈeɪʃən] 名 欣賞, 感謝 (表達喜愛)
註：appreciate (v) 欣賞, 感謝

Your **appreciation** motivates us.
你的欣賞讓我們產生動力。

appropriate [əˈproʊprɪɛt]   形 恰當的
註：ap- (to) + proper 適當的

Don't do this. This is not **appropriate**!
別這麼做。這樣做並不恰當。

中階英語單字 (A8)

approve [əˈpruːv] 動 批准, 認可
approval [əˈpruːvəl] 名 批准, 認可

Your proposal has been **approved**. 你的提案已被批准。

Don't do it without my **approval**. 沒有我的批准不得進行。

apron [ˈeɪprən] 名 圍裙, 工作裙

I like wearing an **apron** at work.
我工作時喜歡穿工作裙。

aquarium [əˈkwɛriəm] 形 水族館

I plan to open an **aquarium** to sell marine fish.
我打算開了一家水族館販售海水魚。

arch [ˈɑːrtʃ] 名 弧形, 拱門

We decided to build an **arch** in front of the park.
我們決定在這公園前面建造一個拱門。

arise [əˈraɪz] 動 升起
同義字：rise 上升

One day, a new power will **arise** and rule the land.
有一天，一股新力量會升起並且統治這片土地。

  單字遊戲

arms [ˈɑ:rmz] 名 武器　字源：arm 手臂 (表示打仗)
armed [ˈɑ:rmd] 形 武裝的

The soldiers are all **armed** and ready to fight.
所有士兵都武裝完畢並且準備作戰。

arrest [əˈrɛst] 動 名 逮捕
字源：ar- (to) + rest 休息

Freeze! You are **under arrest**.
不要動！你被逮捕了！

artificial [ˌɑ:rtəˈfɪʃəl] 形 人工的　註：art 藝術 (人造物)

Artificial Intelligence poses a threat to humanity.
人工智能(AI) 對人類具有著一種威脅。

artistic [ɑrˈtɪstɪk] 形 藝術的　註：art 藝術

She is truly **artistic**, but never famous.
她真正的很有藝術天份，但卻從未出名。

ash [ˈæʃ] 名 灰燼

A house has been burned down into **ashes**.
一棟房屋被燒成灰燼。

19

中階英語單字 (A9)

ashamed [əˈʃeɪmd] 形 羞愧的　註：shame (v) 羞愧

You're cheating again! Aren't you **ashamed**?
你又在欺騙了！都不感到羞恥嗎?。

aside [əˈsaɪd] 副 在旁邊　註：side (n) 一邊

My dog left his food **aside**, without even smelling at it.
我的狗狗把食物丟在一旁，聞也不聞一下。

aspect [ˈæspɛkt] 名 方面, 觀點

There are different **aspects** to view the same thing.
每一件事情都有不同的看法。

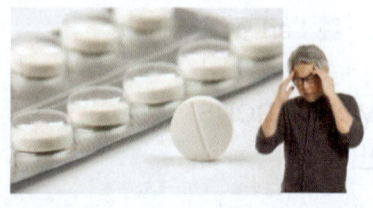

aspirin [ˈæsprɪn] 名 阿斯匹靈, 止痛藥

I need **aspirin** to stop my headache.
我需要阿斯匹靈來阻止我的頭痛。

assemble [əˈsɛmbəl] 動 組裝
assembly [əˈsɛmblɪ] 名 組裝, 集會, 集合

We are **assembling** a car in the assembly line.
我們正在組裝線組裝一台車。

  單字遊戲

assign [əˈsaɪn] 動 指派
assignment 名 作業
字源：as- (to) + sign 指示

We are all **assigned** different tasks.
我們都被指派不同的任務。

assist [əˈsɪst] 動 協助
assistant [əˈsɪstənt] 名 助理
assistance [əˈsɪstəns] 名 協助

You can use the **voice assistant** to assist you.
你可以使用語音助理來協助你。

associate [əˈsoʊsɪet] 動 聯想, 結盟
association [əˌsoʊʃɪˈeɪʃən] 名 協會, 公會
字源：as- (to) + social 社群

Several countries are **associated** together to form an alliance. 許多國家一起結盟為盟友。

assume [əˈsuːm] 動 假設, 想定, 猜想 (缺乏依據)

I **assume** guinea pigs are not pigs, are they?
我猜想天竺鼠並不是豬，對吧？

同義字：presume 推測(有根據)

assure [əˈʃʊr] 動 保證, 確保
assurance [əˈʃʊrəns] 名 保證, 確保
字源：as- (to) + sure 確定　　assure A of B 向 A 擔保 B

I can **assure** you **of** my continued support.
我可以向你保證我會繼續支持下去。

中階英語單字 (A10)

athlete [ˈæθˌlit] 名 運動員
athletic [æθˈlɛtɪk] 形 運動的

All **athletes** must do their best in the Olympic games.
每一位運動員都必須在奧林匹克賽中全力應對。

atmosphere [ˈætməsˌfɪr] 名 大氣層, 氛圍

註：atom 原子 + sphere 球體

The **atmosphere** provides a shield to the Earth.
大氣層提供地球一層保護傘。

atom [ˈætəm] 名 原子
atomic [əˈtɑːmɪk] 形 原子的

All things, including cells, are made of **atoms**.
所有的東西，包含細胞，都是由原子所構成。

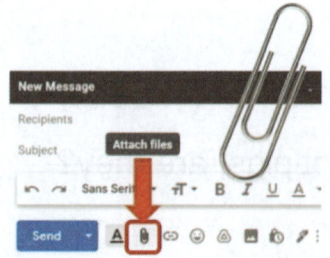

attach [əˈtætʃ] 動 附上, 裝上
attachment 名 附上, 裝上

I have **attached** some files with this email.
我在這封郵件中附上了一些檔案。

attitude [ˈætəˌtuːd] 名 態度

I don't like your **attitude**.
我不喜歡你的態度。

  單字遊戲

attract [əˈtrækt] 動 吸引
attraction [əˈtrækʃən] 名 吸引力
attractive [əˈtræktɪv] 形 具吸引力的

She is very **attractive** to me.
她非常吸引我。

audio [ˈɔːdiˌoʊ] 名 聲音 形 聲音的
audience [ˈɔːdiəns] 名 聽眾, 觀眾

His speech attracts a large **audience**.
他的演講吸引著大批觀眾。

authentic [ɔːˈθentɪk] 形 真實的, 原本的, 道地的

How do I know which painting is **authentic**?
我怎麼知道那一幅畫的風格才是真實道地的？

authority [əˈθɔːrəti] 名 權限, 權威, 官方單位
字源：author 作者、權力者

My teacher never reveals his **authority** in his class.
我的老師從不在課堂上耍權威。

autograph [ˈɔːtəˌgræf] 名 親筆簽名
autobiography [ˌɔːtəbaɪˈɑːgrəfi] 名 自傳
字源：auto 自己 + bio- 生命 + graph 圖案

He left an autograph in his **autobiography**.
他在自傳當中留下了一個親筆簽名。

23

中階英語單字 (A11)

automatic [ˌɔːtəˈmætɪk] 形 自動的
automobile [ˈɔːtəmoʊˌbiːl] 名 汽車

This car is now set on **automatic pilot mode**.
這輛車目前已設為自動駕駛模式。

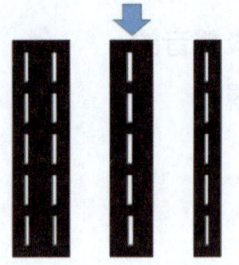

avenue [ˈævəˌnuː] 名 大街, 大道; 方法 (=way)

I opened a shop on the 7th **Avenue**.
我在第 7 大道開了一間店。

await [əˈweɪt] 動 等候

I will **await** your call.
我會等候你的來電。

awake [əˈweɪk] 形 醒著的 副 清醒
awaken [əˈweɪkən] 動 醒來

I was fully **awake** last night.
我昨晚整晚醒著。

註：arouse 喚醒

award [əˈwɔːrd] 動 授予 名 獎品, 獎項

He received several **awards** this year.
今天他獲得了好多個獎項。

  單字遊戲

aware [ə'ɜr] 形 知道的, 察覺的 be aware of ~ 知道~

I think she **is aware of** our existence.
我想她知道我們在這裡。

awful ['ɔːfəl] 形 糟糕的

Oh my god! This is **awful**!
天啊！真是糟糕！

awkward ['ɔːkwəd] 形 笨拙的, 尷尬的

Oh my god! I feel **awkward**.
天啊！我真是笨透了。

中階英語單字 (B1)

background [ˈbækˌgrɑːwnd] 名 背景

註：back 背後 + ground 底面

I need a clear photo against white background.
我需要在白色背景處拍一張清晰照片。

bacon [ˈbeɪkən] 名 培根(燻豬肉)

Do you want some bacon and eggs for breakfast?
早餐要不要來點培根與雞蛋？

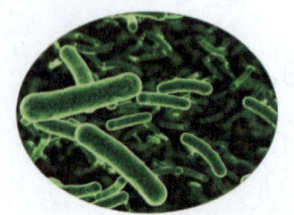

bacteria [bækˈtɪrɪə] 名 細菌

There are lots of bacteria in our hands.
我們手上有很多的細菌。

基礎衍生字彙 ➜ **badly** [ˈbædlɪ] 副 糟糕地, 嚴重地

baggage [ˈbægɪdʒ] 名 行李, 包包

字源：bag 包包 + age (集合名詞)

May I take a look at your baggage?
我可以看看你的包包裡面裝什麼嗎？

同義字：luggage 行李

bait [ˈbeɪt] 名 餌

We can catch a lot of fish with live baits.
我們可以用活餌釣很多的魚。

26

  單字遊戲

bald [ˈbɒld] 形 禿頭的
字源：ball 球 (貌似一顆圓球)

Dad started going **bald** in his early forties.
老爸在四十歲初頭就開始漸漸禿頭。

ballet [bæˈleɪ] 名 芭蕾舞

Betty is a good **ballet** dancer.
Betty 是一名好的芭蕾舞者。

bamboo [bæmˈbuː] 名 竹子

Panda can eat up to 15 kilos of **bamboo** per day.
熊貓一天可以吃下高達 15 公斤的竹子。

bandage [ˈbændɪdʒ] 名 繃帶

You are hurt! Put the **bandage** on!
你受傷了！快用繃帶包紮！

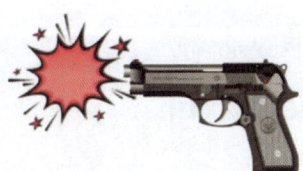

bang [ˈbæŋ] 動 名 砰(聲)

Did you hear a loud **bang** outside?
你有聽到外面一聲很大的砰？

中階英語單字 (B2)

banker [bæŋkɚ] 名 銀行家 註：bank (n) 銀行
bankrupt [ˈbæŋkrʌpt] 形 破產的

The company went **bankrupt** overnight.
那家公司一夕之間破產。

bare [ˈbɛr] 形 光溜溜的, 基本的
barely [ˈbɛrli] 副 僅僅, 勉強, 差點不

I **barely** passed the exam. 我考試勉強過關(差點沒過)。

Don't walk around in your **bare feet**. 別打赤腳走路。

bargain [ˈbɑːrgən] 動 名 議價

I made a good **bargain**.
我殺價成功。

barn [ˈbɑːrn] 名 穀倉, 糧倉

He shut the **barn** door but the horse has already left.
他關上了糧倉的大門，但馬都已經跑掉了（意旨為時已晚）。

barrel [ˈbærəl] 名 橡木桶, 大桶

We can age some wine in the **barrel**.
我們可以在橡木桶內釀酒。

  單字遊戲

barrier [ˈbærɪɚ] 名 障礙物, 路障
字源：bar 條狀物

The police put **barriers** on the road to stop the traffic.
警察在路上放置障礙物來停止交通。

basement [ˈbeɪsmɛnt] 名 地下室
註：base 基底

I could hear a sound from the **basement**.
我可以聽見地下室傳出來一個聲音。

basin [ˈbeɪsən] 名 臉盆, 盆地

Can you help me clean the **basin** in the restroom?
你可以幫我清理浴室裡的洗臉盆嗎?

battery [ˈbætərɪ] 名 電池

The **battery** on my phone is dead.
我手機的電池沒電了。

bay [ˈbeɪ] 名 海灣 (淺) 註：gulf 海灣 (深)

I can spend a whole day in the **bay**.
我可以在海灣待上一整天。

29

中階英語單字 (B3)

bead [ˈbiːd] (名) 有孔小珠

My grandma made a bracelet with **beads**.
我的奶奶用小珠子做了一個手鍊。

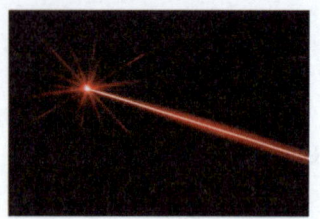

beam [ˈbiːm] (名) 橫樑, 光束

Laser beams will soon be used as military weapons.
雷射光束很快就會被使用來當作軍事武器。

補充：lazer beam 雷射光束

beast [ˈbiːst] (名) 野獸

"Beauty and the **Beast**" is a classic fairy tale.
『美女與野獸』是一則經典的童話故事。

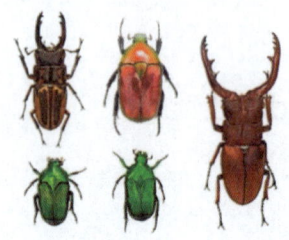

beetle [ˈbiːtəl] (名) 甲蟲

There is a shiny green **beetle** hiding on a leaf.
有一隻閃閃發亮的綠色甲蟲躲在樹葉上。

beggar [ˈbɛgɚ] (名) 乞丐

註：beg (v) 乞討

A **beggar** is begging for money on the street.
一位乞丐正在街上乞討金錢。

  單字遊戲

behavior [bəˈheɪvjɚ] 名 行為

註：behave (v) 產生行為, 守規矩

Watch out for your **behaviors**!
注意你的行為！

beneath [bəˈniːθ] 介 副 在~下面

I can hear some noise **beneath** the floor.
我聽見地板下面有聲音。

同義字：below, under, underneath

benefit [ˈbɛnəˌfɪt] 動 名 益於~, 益處

Only the rich will **benefit from** this policy.
僅富人從此政策得利。

berry [ˈbɛri] 名 莓果

The **berry** is a rich source of antioxidants.
莓果富含抗氧化劑。

功能詞彙 → **besides** [bɪˈsaɪdz] 副 除~之外, 並且

bet [ˈbɛt] 動 名 打賭, 賭注

I **bet** you can't win this game.
我打賭你不會贏這場遊戲的。

似義字：gamble 賭博

中階英語單字 (B4)

bin [ˈbɪn] 名 桶子,垃圾桶

Please take the trash out to the bin.
請吧這袋垃圾帶到外面的桶子裡。

bind [ˈbaɪnd] 動 捆, 綁   be bound to ~ 注定~

This man is bound to lose.
這個人注定要輸的。

biography [baˈjɑːgrəfi] 名 傳記

字源：bio (生命) + graph 圖案

I am reading a biography.
我正在讀一本傳記。

註：autobiography 自傳

biology [baɪˈɑlədʒi] 名 生物(學科)

字源：bio (生命) + logy (學科)

Biography is my favorite subject in school.
生物學是我在學校裡最喜愛的科目。

bitter [ˈbɪtɚ] 形 苦的

字源：bite 咬

I don't like bitter melon.
我不喜歡苦瓜。

  單字遊戲

blade [ˈbleɪd] 名 刀片, 刀鋒, 葉片

Watch out the **blade**! It's very sharp.
留意刀鋒。它很銳利的。

bleed [ˈbliːd] 動 流血
bloody [ˈblʌdi] 形 血淋淋的
註：blood (n) 血液

I hurt my finger and it starts **bleeding**.
我傷到了我的手指，現在開始流血了。

blend [ˈblɛnd] 動 混和
補充：blender 果汁機

To make smoothie, **blend** fruit, yogurt and ice together.
製作思慕奶昔，將水果、優格、冰塊混和一起。

bless [ˈblɛs] 動 祝福, 保佑

Get better soon! God **bless** you!
趕快好起來。上帝祝福你。

註：blessing, bliss (n) 祝福

blink [ˈblɪŋk] 動 眨眼睛 (自然動作) 名 閃爍, 瞬間

Time flies **in the blink of an eye**.
時間在一眨眼之間流逝。

同義字：wink 眨眼 (暗示)

中階英語單字 (B5)

bloom [ˈbluːm] 動 開花, 興盛
blossom [ˈblɑːsəm] 名 小花朵

Spring is the best season to watch **cherry blossoms**.
春天是賞櫻花最好的季節。

blouse [ˈblaʊs] 名 女襯衫

She likes to wear **blouse** at work.
她工作時喜歡穿女襯衫。

boast [boʊst] 動 名 吹牛

He tends to **boast** about his achievement.
他老是虛吹自己的成就。

bold [boʊld] 形 無畏的 (不知好歹的)

A **bold** monkey is challenging the lion.
一隻大膽的猴子正在對獅子挑釁。

bomb [ˈbɑːm] 名 炸彈

A **bomb** exploded, but luckily no one was hurt.
一顆炸彈爆炸了，所幸沒有人受傷。

34

  單字遊戲

bond [ˈbɑːnd]　動 綁定　名 押金, 關係

We charge a **bond** of $300 to rent this house.
租這間房子我們要收 300 元押金。

 基礎衍生字彙　➡　**bookcase** [ˈbʊkˌkɛs]　名 書架

boot [ˈbuːt]　名 靴子

I love wearing **boots** when I go out.
我外出的時候喜歡穿靴子。

bore [ˈbɔːr]　動 使~無聊

註：boring 無聊的

This class really **bores** me. It is way too boring.
這堂課真的無聊到我了。它真的是太無聊了。

bounce [ˈbaʊns]　動 彈跳　名 彈跳

A ball is **bouncing** on the ground.
一顆球在地上彈跳。

bowling [ˈboʊlɪŋ]　名 保齡球

Let's **play bowling** after school.
我們放學後去打保齡球吧。

35

中階英語單字 (B6)

bracelet [ˈbreɪslət] 名 手鐲, 臂鐲

Your **bracelet** looks pretty.
你的手鐲看起來好漂亮喔。

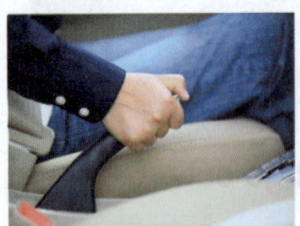

brake [ˈbreɪk] 動 名 煞車

字源：break 暫停

He immediately pulled the **brake** to stop the car.
他立刻拉起煞車以停止車子。

brass [ˈbræs] 名 黃銅

Brass is composed of copper and zinc.
黃銅由銅與鋅所組成。

bravery [ˈbreɪvəri] 名 勇敢, 勇氣

註：brave (a) 勇敢的

We admire your **bravery**.
我們欽佩你的勇氣。

breast [ˈbrɛst] 名 乳房, 胸部

註：bra 胸罩

Both men and women can develop **breast cancer**.
男人與女人都有可能得到乳癌。

單字遊戲

breath [ˈbrɛθ] 名 呼吸
breathe [ˈbriːð] 動 呼吸

Take **a deep breath** and relax.
做個深呼吸，然後放鬆。

---

breed [ˈbriːd] 動 育種　名 品種

There are hundreds of **dog breeds** in the world.
世界上狗狗品種有數百種。

---

breeze [ˈbriːz] 動 飄過　名 微風

Take a deep breath and feel the **breeze**.
深深吸一口氣，感受一下微風飄過。

---

brick [ˈbrɪk] 名 磚塊
註：block (n) 一塊東西

People built houses with **bricks** in Taiwan.
在台灣，人們用磚塊來蓋房子。

---

bride [ˈbraɪd] 名 新娘
bridegroom 名 新郎 (簡：groom)
註：groom [ˌgruːm] v. 打理, 梳毛 n.新郎

You may now kiss the **bride**.
你現在可以親吻新娘了。

37

中階英語單字 (B7)

broadcast [ˈbrɒdˌkæst]　動 廣播　名 廣播
字源：broad 廣泛的 + cast 投射

The news will be **broadcast** on BBC.
這條新聞會在英國廣播公司(BBC)播出。

基礎衍生字彙 ➡ **broke** [brok]　動 打破(過去式)　形 破產的

---

broom [ˈbruːm]　名 掃把

I sweep up the floor with a **broom** on a daily basis.
我每天都用掃把掃地。

---

brunch [ˈbrʌntʃ]　名 早午餐
字源：breakfast 早餐 + lunch 午餐

I like to sleep in and enjoy **brunch** on weekends.
週末時我喜歡睡久一點然後享用早午餐。

---

brutal [ˈbruːtəl]　形 野蠻的, 粗暴的

Andy is a **brutal** man.
Andy 是一個粗魯的人。

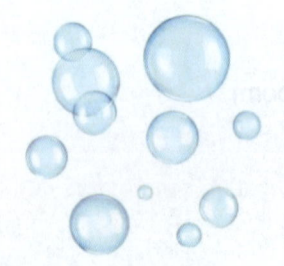

---

bubble [ˈbʌbəl]　動 沸騰　名 泡泡

Boil the water until you see the **bubbles**.
把水煮沸，直到你看見泡泡。

單字遊戲

bucket [ˈbʌkɪt] 名 水桶

I need a **bucket** to mop the floor.
我需要一個水桶來拖地。

bud [ˈbʌd] 動 發芽 名 花苞, 葉芽

The **bud** is developing into a flower.
花苞正在發展成一朵花。

budget [ˈbʌdʒɪt] 動 編預算 名 預算

Learn to **make a budget** to control your spending.
學習編制預算來控制你的花費。

buffalo [ˈbʌfəˌloʊ] 名 美洲野牛

There are lots of **buffalo** in Yellowstone.
黃石公園有很多美洲野牛。

buffet [bʌˈfeɪ] 名 自助式餐廳

There is a beautiful **buffet** in this hotel.
這一間旅店內設有不錯的自助式餐廳。

39

中階英語單字 (B8)

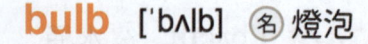

bulb [ˈbʌlb] 名 燈泡

The **bulb** is not working. Please change it.
這顆燈泡不亮了。請把它換掉。

---

bull [ˈbʊl] 名 公牛

同義字：ox

The Spanish Bullfight is a cruel event to the **bull**.
西班牙鬥牛對公牛來說是一項很殘忍的活動。

---

bullet [ˈbʊlɪt] 名 子彈

He was killed by a **bullet**.
他被子彈射殺。

---

bulletin [ˈbʊlətən] 名 公告, 佈告
補充：bulletin board 佈告欄

I posted some information on **the bulletin board**.
我在佈告欄上張貼了一些資訊。

---

bump [ˈbʌmp] 動 名 碰撞
補充：bumper car 碰碰車

My kids love playing **bump cars** in the theme park.
我的小孩喜歡在遊樂園裡面玩碰碰車。

單字遊戲

bunch [ˈbʌntʃ] 量 一束, 一堆
bundle [ˈbʌndəl] 量 一綑

I have a **bunch** of balloons for our party tomorrow.
我為明天的派對買了一束氣球。

burglar [ˈbɝːglɚ] 名 破門盜竊者, 夜賊

A **burglar** broke into my house last night.
昨晚有一個夜賊闖入我家中。

bury [ˈbɛri] 動 埋葬

She **buried** her pet in her backyard.
她將寵物埋葬在後院裡。

bush [ˈbʊʃ] 名 灌木, 矮樹

My kids are playing hide-and-seek in the **bush**.
我的小孩在樹林裡玩捉迷藏。

buzz [ˈbʌz] 動 名 嗡嗡(聲)

Your cellphone is **buzzing**. Won't you pick it up?
你的手機在響。你不接嗎?

中階英語單字 (C1)

cabin [ˈkæbɪn] 名 客艙 (機艙, 船艙)

Please stay in your seat and wait for the **cabin crew**.
請待在機艙內並等候機艙人員。

---

cabinet [ˈkæbɪnɛt] 名 櫥櫃, 內閣

字源：cabin 客艙(房間) + et (小的)

I bought a wooden **cabinet**.
我買了一個木製的櫥櫃。

---

cable [ˈkeɪbəl] 名 電線
cord [ˈkɔːrd] 名 電線, 繩索

同義字：wire

Connect the **cable** to your laptop to charge.
把電線連接到筆電來充電。

---

cafeteria [ˌkæfəˈtɪrɪə] 名 學生餐廳, 自助餐廳 (無服務生)

字源：café 咖啡廳

We have a nice **cafeteria** in our school.
我們學校有一個不錯的學生餐廳。

---

calculate [ˈkælkjuˌlɛt] 動 計算
calculation [ˈkælkjuˌlɛʃən] 名 計算

註：calculator 計算機

I never **calculate** the calories in my food.
我從來不計算我的食物中的卡路里。

42

單字遊戲

calorie [ˈkæləri] 名 卡路里, 熱量

A hamburger contains about 500 **calories**.
一份漢堡包含大約 500 卡路里。

campaign [kæmˈpeɪn] 名 活動, 提案

Candidates launch **election campaigns** to win more votes. 候選人們發起競選活動來贏得更多選票。

campus [ˈkæmpəs] 名 校園

字源：camp 營地

I had a great **campus life** when I was in college.
我大學時候的校園生活很棒。

candidate [ˈkændɪdet] 名 候選人, 候補者

People will vote for capable **candidates**.
人們會把票投給有能力的候選人。

cane [ˈkeɪn] 名 甘蔗, 手杖

註：candy cane 手杖糖

Brown sugar is typically made of **cane**.
黑糖一般來說是由甘蔗製成。

中階英語單字 (C2)

canoe [kəˈnuː] 名 獨木舟

We travelled down the river by **canoe**.
我們乘坐獨木舟順流而下。

---

canyon [ˈkænjən] 名 峽谷

The view in **the Grand Canyon** is breathtaking.
大峽谷的景色讓人嘆為觀止。

---

capable [ˈkeɪpəbəl] 形 有能力的, 有才幹的

be capable of ~ 有 ~ 的才能

She **is capable of** doing this job.
她有能力做這份工作。

---

capacity [kəˈpæsəti] 名 容量, 能耐

字源：capable (a.) 有能耐的

I need a container with larger **capacity**.
我需要一個容量更大的容器。

---

capitalism [ˈkæpətəˌlɪzəm] 名 資本主義
capitalist [ˈkæpətəlɪst] 名 資本主義者

註：capital (n) 首都, 資本

Capitalism is favored among democratic countries.
資本主義受到民主國家的喜愛。

44

單字遊戲

captain [ˈkæptən] 名 船長, 機長

字源：cap 帽子

Welcome abroad. I will be your **captain** for this trip.
歡迎登船。我是你們此趟旅程的船長。

---

capture [ˈkæptʃɚ] 動 名 抓住

The police just **captured** a thief.
警方剛剛抓到了一名小偷。

---

career [kəˈrɪr] 名 職業, 生涯

John feels lost in his **career**.
John 在職業生崖中感到迷惘。

---

cargo [ˈkɑːrˌɡoʊ] 名 貨物　a cargo of ~ 一車的

註：car 車子 + go 出發

The truck is carrying **a cargo of** commercial goods.
這台車子正載著一車的商品。

---

carpenter [ˈkɑːrpəntɚ] 名 木匠

I hired a **carpenter** to build furniture for my house.
我請了一位木匠來替建造屋內家俱。

中階英語單字 (C3)

carpet [ˈkɑːrpɪt] 名 地毯

My carpet is getting dirty. I need to vacuum it.
我的地毯髒了。我需要用吸塵器清潔一下。

---

carriage [ˈkærɪdʒ] 名 運輸, 運費, 搬運
carrier [ˈkærɪɚ] 名 運輸者

註：carry (v) 攜帶

Ants are powerful carriers.
螞蟻是很有力氣的運輸者。

---

cart [ˈkɑːrt] 名 手推車

Your shopping cart is empty.
你的購物車是空的。

---

carve [ˈkɑːrv] 動 雕刻

He is trying to carve something.
他正在試著雕刻什麼東西。

---

cast [ˈkæst] 動 照射 名 角色

The light is casting a shadow on the plant.
這道光線在這盆植物上投射出一道影子。

單字遊戲

casual [ˈkæʒʊwəl] 形 非正式的, 隨性的

We can wear **casual clothes** at work.
我們工作時可以穿非正式的衣服。

catalogue [ˈkætəlɔːg] 名 目錄, 產品型錄 (大本)

Can I have a copy of your **catalogue**?
我可以跟你們要一份商品型錄嗎?

同義字：brochure 小冊子

category [ˈkætəˌgɔːri] 名 種類, 類別

We can classify the trash into different **categories**.
我們可以將垃圾分成不同的類別。

cattle [ˈkætəl] 名 牛, 牲口, 家畜

Humans raise large numbers of **cattle** for food.
人們畜養大量的牛來當食物。

cave [ˈkeɪv] 名 洞穴, 洞窟

Bats usually hide in the **cave**.
蝙蝠經常躲藏在洞穴之中。

中階英語單字 (C4)

cease [ˈsiːs] 動 停止

Cease fire! Stop your fire immediately!
停火！即可停止你的戰火！

---

celebration [ˌsɛləˈbreɪʃən] 名 慶祝

註：celebrate (v) 慶祝

We should **have a celebration** for our victory.
我們應該慶祝一下我們的勝利。

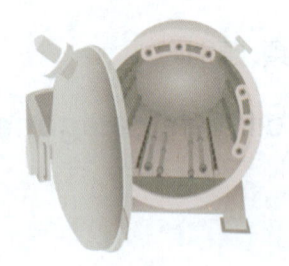

---

chamber [ˈtʃeɪmbɚ] 名 小房間

A captive was found in a small **chamber**.
一位俘虜在一間小房間裡被找到。

---

champion [ˈtʃæmpiən] 名 冠軍
championship [ˈtʃæmpiənˌʃɪp] 名 冠軍地位

He is the world **champion** for the third year in succession.
他是連續第三年的世界冠軍。

---

characteristic [ˌkɛrəktəˈrɪstɪk] 名 個性, 特徵

註：character (n) 角色、文字

Genes determine the **characteristics** of a person.
基因決定一個人的特徵。

單字遊戲

charity [ˈtʃɛrəti] 名 公益, 慈善

We can donate some food for **charity**.
我們可以捐一些食物來做公益。

charm [ˈtʃɑːrm] 動 使~陶醉 名 魅力

She looks **charming** to me.
她令我陶醉。

chat [ˈtʃæt] 動名 聊天

Let's **have a chat** in the lobby.
我們到交誼廳去聊個天吧。

cheek [ˈtʃiːk] 名 臉頰
chin [ˈtʃɪn] 名 下巴

My boyfriend kissed me on the **cheek**.
我的男朋友輕吻了我的臉頰。

cheerful [ˈtʃɪrfəl] 形 歡樂的

註：cheers (n) 乾杯, 喝采

What a **cheerful** day!
多麼令人歡樂的一天啊！

中階英語單字 (C5)

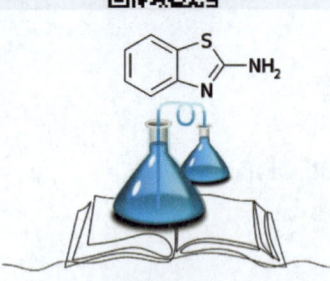

chemistry [ˈkɛməstri] (名) 化學

Chemistry is a difficult subject for me.
化學對我來說是一個困難的科目。

---

cherish [ˈtʃɛrɪʃ] (動) 珍惜, 愛護

We should **cherish** everything around us.
我們應該要珍惜身邊的一切。

---

cherry [ˈtʃɛri] (名) 櫻桃

Let's put some **cherry** on top of the cake.
我們在蛋糕上放一些櫻桃吧。

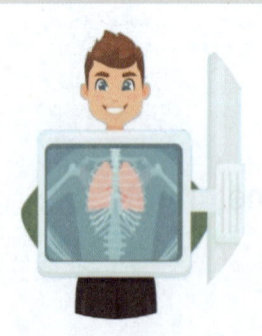

---

chest [ˈtʃest] (名) 胸腔, 盒子

The doctor gave me an X-ray on my **chest**.
醫生在我的胸腔照了一張 X 光。

---

chew [ˈtʃuː] (動) 咀嚼, 咬一口

He is **chewing** an apple.
他正在嚼蘋果。

單字遊戲

chill [ˈtʃɪl] 名 寒冷, 寒氣
chilly [ˈtʃɪli] 形 涼涼的

It's **chilly** outside. Put your jacket on.
外面涼涼的。穿上你的夾克。

chimney [ˈtʃɪmni] 名 煙囪

Santa Claus will visit our house through the **chimney** tonight. 聖誕老人今晚會從煙囪進來我們家喔。

參照 cheek → **chin** [ˈtʃɪn] 名 下巴

chip [ˈtʃɪp] 名 晶片, 洋芋片

You will gain weight if you keep eating **chips**.
如果你繼續吃洋芋片的話你會變胖喔。

choke [tʃoʊk] 動 窒息, 嗆到

Oh, no. The fireman is **choking** on smoke.
喔不。這位消防員被濃煙嗆到了。

chop [ˈtʃɑːp] 動 切剁

You can **chop** the onions on the chopping board.
你可以在切菜板上切洋蔥。

中階英語單字 (C6)

chorus [ˈkɔːrəs] 名 合唱團

The **chorus** starts to sing now.
合唱團開始唱歌了。

似：choir 唱詩班

---

cigarette [ˌsɪgəˈrɛt] 名 香菸

註：cigar 雪茄 + ette (小的)

Don't smoke. **Cigarettes** are bad for you.
別抽菸。香菸對你不好。

---

cinema [ˈsɪnəmə] 名 電影院, 電影

Do you want to go to the **cinema** tonight?
你今晚要去電影院嗎?

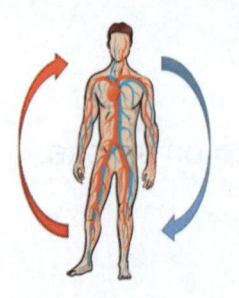

---

circular　　[ˈsɜːkjələ] 形 循環的
circulate　　[ˈsɜːkjəˌlɛt] 動 循環, 流通
circulation [ˌsɜːkjəˈleʃən] 名 循環的

字源：circle 圈圈

Regular exercise will improve our **blood circulation**.
規律的運動會增進我們的血液循環。

---

circus [ˈsɜːkəs] 名 馬戲團
circumstance [ˈsɜːkəmˌstæns] 名 境況, 狀況

字源：circle 圈圈

The **circus** is a cruel place to animals.
馬戲團對動物來說是個殘忍的地方。

52

單字遊戲

citizen [ˈsɪtɪzən] 名 市民, 公民
civil [ˈsɪvəl] 形 市民的, 公民的
civilian [səˈvɪljən] 形 老百姓的
civilization [ˌsɪvələˈzeɪʃən] 名 文明

註：city 城市

Good **citizens** don't break laws. 好**市民**不違法。

---

clarify [ˈklerəˌfaɪ] 動 澄清, 清晰化

註：clear (a) 晴朗的

The rain stopped. The sky will soon **clarify**.
雨停了。天空很快就會轉為晴朗。

參照 crash → **clash** [ˈklæʃ] 動 碰撞

---

classify [ˈklæsəˌfaɪ] 動 分類
classification [ˌklæsəfəˈkeɪʃən] 名 分類

字源：class 班級, 階級類別

Please **classify** waste according to its categories.
請依照類別做好垃圾分類。

---

claw [ˈklɒ] 名 爪子

Eagles catch prey with their powerful **claws**.
老鷹用他們強而有力的爪子來捉獵物。

---

clay [ˈkleɪ] 名 黏土

It's fun to play with **clay**.
玩黏土很有趣。

53

中階英語單字 (C7)

cleaner [ˈkliːnɚ] 名 清潔人員

註：clean 乾淨的

Let's find a **cleaner** to clean the house.
我們找個清潔人員來打掃房子吧。

---

client [ˈklaɪənt] 名 客戶

註：customer 顧客

Paul is an important **client** of mine.
Paul 是我的一位重要客戶。

---

cliff [ˈklɪf] 名 懸崖, 峭壁

A car drove off a **cliff** on a rainy day.
一輛車子在雨天駛落了懸崖。

---

clinic [ˈklɪnɪk] 名 診所

I took my kid to the **clinic** because he got a cold.
我的小孩生病了，我帶他去診所看診。

---

clip [ˈklɪp] 動 剪輯 名 短片, 迴紋針, 夾子

Let's put the documents together with a **clip**.
我們用迴紋針把這些文件夾起吧。

54

單字遊戲

closet ['klɑːzɪt] 名 壁櫥, 衣櫥

She hides money in her **closet**.
她把錢藏在衣櫥裡。

clothe [kloʊð] 動 著衣, 穿著
註：cloth (n) 布, 衣料

I must work hard. I have two kids to **feed and clothe**.
我必須努力工作。握有兩個小孩要提供吃穿。

clown ['klaʊn] 名 小丑, 丑角

A **clown** is juggling in the park.
一位小丑在公園裡拋東西雜耍。

clue ['kluː] 名 線索, 跡象, 提示

The stupid thief left the house with a **clue**.
這個笨賊離開屋子時留下了線索。

clumsy ['klʌmzi] 形 笨拙的

This guy is so **clumsy** that he hurts himself easily.
這個傢伙笨手笨腳的，常常把自己弄傷。

中階英語單字 (C8)

coach [ˈkoʊtʃ] 動 訓練 名 教練

Tom is a strict **coach**.
Tom 是一位嚴格的教練。

---

coarse [ˈkɔːrs] 形 粗的, 粗糙的

This pot is made of **coarse** material.
這個花盆是用粗糙的材料做出的。

---

cock [ˈkɑːk] 名 公雞

The **cock** started to crow.
這隻公雞開始啼叫了。

同義字：rooster

---

cocktail [ˈkɑːkˌtɛl] 名 雞尾酒

Our bar makes the best **cocktail** in the world.
我們的酒吧調製全世界最棒的雞尾酒。

---

coconut [ˈkoʊkonʌt] 名 椰子

Do you want some **coconut water**?
要不要喝一些椰子水。

56

單字遊戲

code [koʊd] 動 編碼 名 密碼

Scan the QR code to visit our website.
掃描二維條碼來造訪我們的網站。

collapse [kəˈlæps] 動 倒塌

Oops, a building just collapsed.
糟糕，一棟建築物剛剛倒塌了。

collar [ˈkɑːlɚ] 名 衣領

White-collar employees usually get higher salaries.
白領階級通常賺得更高的薪水。

colleague [ˈkɑːlig] 名 同事, 同僚
註：co- (一起) + league 同盟

I have a group of nice colleagues at work.
我在工作上有一群好的同事。

collection [kəˈlɛkʃən] 名 蒐集 a collection of ~ 很多~
註：collect (v) 蒐集

She prepared a collection of food for the new year.
她準備了一堆食物準備過新年。

中階英語單字 (C9)

colony [ˈkɑːləni] 名 殖民地
註：colonize (v) 殖民

The Earth might be a **colony** of the aliens one day.
地球有一天可能會變成外星人的殖民地。

基礎衍生字彙 → **colorful** [ˈkʌlə-fəl] 形 彩色的

---

column [ˈkɑːləm] 名 欄, 行

Please enter your data into the **corresponding columns** in this table.　請將你的資料填入表格中的對應欄位。

---

combination [ˌkɑːmbəˈneɪʃən] 名 組合
註：combine (v) 組合

A team is a **combination** of all individual strengths.
團隊是結合各別強項的組合體。

---

comedy [ˈkɑːmədi] 名 喜劇
註：comic book 漫畫

I like **comedy** because it makes me laugh.
我喜歡喜劇因為它讓我笑。

---

comfort [ˈkʌmfərt] 動 名 安慰, 使舒適
註：comfortable (a) 舒適的

The mother **comforted** her child.
媽媽安慰了她的小孩。

同義字：console

單字遊戲

comma [ˈkɑːmə] 名 逗號, 停頓

You should put a **comma** in this sentence.
你應該在這個句子裡面放一個逗號。

commander [kəˈmændə] 名 指揮官, 司令
註：command (v) 指揮, 命令

The **commander** ordered his troop to go forward.
指揮官命令軍隊向前進。

comment [ˈkɑːmɛnt] 動 名 評論

Leave a **comment** below if you have any thoughts.
如果有任何想法，請在底下留言。

commerce [ˈkɑːməs] 名 商業, 交易
註：commercial (a) 商業的

They are all successful men in the world of **commerce**.
他們都是商業界相當成功的人士。

commit [kəˈmɪt] 動 承諾, 執行
committee [kəˈmɪti] 名 委員會
be committed to ~ 全心投入~

John **is** fully **committed to** his job.
John 全心投入他的工作。

似義字：promise 保證

中階英語單字 (C10)

communicate [kəˈmjuːnəˌkɛt] 動 溝通
communication [kəˌmjuːnəˈkeɪʃən] 名 溝通
字源：commute (雙向往來)

Good **communication** helps solve problems.
良好的溝通能幫助解決問題。

---

community [kəˈmjuːnəti] 名 社區
字源：commute (雙向往來)

People are friendly in our **community**.
我們社區的人很友善。

---

companion [kəmˈpænjən] 名 同伴,伴侶

They are great **companions** to each other.
他們對彼此來說是很棒的伴侶。

註：accompany (v) 陪伴

---

comparison [kəmˈpɛrəsən] 名 比較

註：compare (v) 比較　　in comparison to/with~ 與~相比

She is quite capable **in comparison with** her brother.
相較於弟弟，姊姊顯得能幹許多。

---

compete [kəmˈpiːt] 動 競爭,對抗
competitive [kəmˈpɛtətɪv] 形 競爭的
competition [ˌkɑːmpəˈtɪʃən] 名 競爭,對抗
competitor [kəmˈpɛtɪtɚ] 名 競爭者,對手

The two countries are **competing with** each other.
這兩個國家正在相互競爭。

單字遊戲

complain [kʌmˈpleɪn] 動 抱怨
complaint [kʌmˈpleɪnt] 名 抱怨

It's not easy to deal with **customer complaints**.
處理客戶抱怨並不容易。

---

complicate [ˈkɑːmpləˌkɛt] 動 使~複雜化

註：complex (a) 多元的, 複雜的

Try to make things simple, not **complicated**.
試著讓事情簡單化，而不是複雜化。

---

compose [kəmˈpoʊz] 動 作文, 作曲, 構思
composer [kəmˈpoʊzɚ] 名 作曲家
composition [ˌkɑːmpəˈzɪʃən] 名 寫作, 作曲

I need to write a **composition**.
我需要寫一份作文。

---

concentrate [ˈkɑːnsənˌtret] 動 濃縮, 全神貫注
concentration [ˌkɑːnsənˈtreɪʃən] 名 濃縮, 全神貫注

I need to **concentrate on** my study.
我需要專心讀書。

---

concept [ˈkɑːnsɛpt] 名 觀念, 概念

Once you **grasp the concept**, it's very simple.
一旦你抓住概念，就發現它其實相當簡單。

中階英語單字 (C11)

concerning [kʌnˈsɜːnɪŋ] 介 關於~

註：concern (v) 關心

Taiwan is facing problems **concerning** population ageing.
台灣正面臨關於人口老年化的問題。

concert [ˈkɑːnsɚt] 名 音樂會, 演奏會

I went to a **concert** with my friends last week.
我上週與朋友一起去聽演唱會。

註：show 表演

---

conclusion [kənˈkluːʒən] 名 結論

註：conclude (v) 下結論

I am making a **conclusion** for my essay.
我正在為我的論文寫一篇結論。

concrete [kənˈkriːt] 形 具體的 名 水泥 (固形體)

Concrete is a strong and inexpensive material.
水泥是一種堅固且不昂貴的材料。

註：cement 水泥 (材料)

---

conductor [kənˈdəktɚ] 名 指揮者, 導體

註：conduct (v) 指揮, 引導, 執行

He dreams to become a **conductor** one day.
他夢想著有天成為一位指揮家。

單字遊戲

cone [ˈkoʊn] 名 圓錐體

Please move that **traffic cone** away.
請移開那支交通錐。

---

conference [ˈkɑːnfərəns] 名 會議
council [ˈkaʊnsəl] 名 內部會議

We are having a **conference** right now.
我們正在舉行一場會議。

---

confess [kənˈfɛs] 動 告解, 告白

It's hard for a girl to **confess** to a boy.
女孩向男孩告白是件非常困難的事。

---

confidence [ˈkɑːnfədəns] 名 自信, 信心

註：confident (a) 有信心的

He has **confidence** in himself!
他對自己有信心。

---

confirm [kʌnˈfɝːm] 動 確認

註：confirmation (n) 確認

He **confirmed** a transaction that he made.
他確認了一筆匯款。

中階英語單字 (C12)

confuse [kʌnˈfjuːz] 動 使~困惑
confusion [kənˈfjuːʒən] 名 困惑, 慌亂

Is it "yes" or "no?" I feel **confused**.
是對還是不對？我搞不清楚了。

congratulate [kʌnˌgrædʒʊˈleɪt] 動 恭喜

註：congratulations (n) 恭喜

I must **congratulate** them for their success.
我必須要恭喜他們成功。

congress [ˈkɑːŋgrəs] 名 國會

The **Congress** has recently passed a new bill.
國會近期通過了一項新的法案。

connect [kəˈnɛkt] 動 連接, 連結   註：connection (n) 連接
be connected with 與~相連接

People nowadays **are** well **connected with** each other.
現在的人們彼此互相聯繫緊密。

conquer [ˈkɑːŋkɚ] 動 克服, 征服

Humans will **conquer** all diseases one day!
人們有一天會征服所有的疾病！

同義字：defeat 擊敗

單字遊戲

conscious [ˈkɑːnʃəs] 形 有意識的
conscience [ˈkɑːnʃəns] 名 良心

be conscious of ~ 清楚知道~

She **is conscious of** her own health problems.
她清楚自己的健康方面有問題。

consequent [ˈkɑːnsəkwənt] 形 隨之發生的
consequence [ˈkɑːnsəkwəns] 名 結果, 後果

註：con- (互相) + sequence 連續

Be aware of the **consequence** of drunk driving.
大家要楚酒後開車的後果。

conservative [kənˈsɜːvətɪv] 形 愛護的, 保留的, 守舊的

註：conserve (v) 保育, 保留

People with **conservative** views are unwilling to change.
看法保守的人不太願意去改變。

同義字：preserved 保留的

---

considerable [kənˈsɪdərəbəl] 形 相當多的

註：consider (v) 考慮

The cost of raising a child is **considerable**.
養小孩子的費用是相當龐大的。

consist [kənˈsɪst] 動 由~組成
consistent [kənˈsɪstənt] 形 一致的

註：consistency (n) 一致性   註：consist of ~ 由~組成、包含~

Hamburgers **consists of** buns, meat and vegetable.
漢堡由麵包、肉、蔬菜組成。

中階英語單字 (C13)

constant [ˈkɑːnstənt] 形 固定的, 不變的

This is a **constant fact**. You can't change it.
這是一個不變的事實。你無法改變它。

---

constitute [ˈkɑːnstəˌtuːt] 動 構成, 組成
constitution [ˌkɑːnstəˈtuːʃən] 名 憲法, 體質結構

The **constitution** is the supreme laws of a country.
憲法是一個國家最高的法律。

---

construct [kənˈstrʌkt] 動 建造, 構想
construction [kənˈstrʌkʃən] 名 建設
constructive [kənˈstrʌktɪv] 形 有建設性的

The government is **constructing** a new highway.
政府正在建造一個新的高速公路。

---

consult [kənˈsʌlt] 動 諮詢
consultant [kənˈsʌltənt] 名 顧問

You can **consult** an expert for these questions.
這些問題你可以向專家諮詢。

---

consume [kənˈsuːm] 動 消費, 消耗, 攝取
consumer [kənˈsuːmɚ] 名 消費者

Men need to **consume** 2500 calories per day.
男性一天需要攝取 2500 卡的熱量。

單字遊戲

container [kənˈteɪnɚ] 名 容器, 貨櫃
註：contain (v) 容納, 包含

The CEO ordered three **containers** of goods.
這位執行長訂購了 3 個貨櫃的商品。

content [kənˈtɛnt] 形 滿足的 名 內容; 目錄(+s)
contentment 名 滿足
context [ˈkɑːntɛkst] 名 上下文, 文章脈絡

The **content** of this book is suitable for all readers.
這本書的內容適合所有讀者。

contest [ˈkɑːntɛst] 動 名 競爭
字源：con- (一起) + test 考試

Apparently, Sarah is going to win this **contest**.
很明顯，Sarah 將要贏本次的競賽了。

continent [ˈkɑːntənənt] 名 大陸, 大洲

There are seven **continents** on Earth.
地球上有 7 大洲。

continual [kənˈtɪnjuːəl] 形 繼續的
continuous [kənˈtɪnjuːəs] 形 持續的, 不間斷的
註：continue (v) 繼續

Continuous improvement is the key to success.
持續的進步是成功之道。

67

中階英語單字 (C14)

contrast [ˈkɑːntræst] 動 名 對比
contrary [ˈkɑːntreri] 形 名 相反(的)

Red and blue are two **contrasting colors**.
紅色與藍色是兩個對比的顏色。

contribute [kənˈtrɪbjuːt] 動 貢獻
contribution [ˌkɑːntrəˈbjuːʃən] 名 貢獻

contribute to ~ 對~有貢獻

We all **contributed to** this idea.
我們都對這個點子有所貢獻。

controller [kənˈtroʊlɚ] 名 控制器, 控制者

註：control (v) 控制

Stop being a **controller**!
別再當個控制者了！

convenience [kənˈviːnjəns] 名 便利

Convenience stores are really convenient.
便利商店真的很便利。

convention [kənˈvenʃən] 名 習俗, 大會
conventional [kənˈvenʃənəl] 形 習慣的, 慣例的

The dragon boat race is both a **convention** and tradition in China. 龍舟賽是中國的習俗與傳統。

68

單字遊戲

converse [ˈkɑːnvərs] 動 交談, 談話
convey [kənˈveɪ] 動 傳達(訊息), 傳送

I've **conveyed** all my messages to her.
我已經向她傳達我所有的訊息了。

---

convince [kənˈvɪns] 動 說服

She is **convinced** that her boyfriend cheated on her.
她被說服而知道男朋友欺騙了她。

同義字：persuade

基礎衍生字彙 → **cooker** [ˈkʊkɚ] 名 料理鍋, 電鍋

---

cooperate [koˈɑːˌpəret] 動 合作
cooperation [koˌɑːˌpəreɪʃən] 名 合作
cooperative [koˈɑːˌpərətɪv] 形 合作的
字源：co- (一起) + operate 運作

They work in close **cooperation**.
他們緊密合作。

同義字：collaborate

---

cope [koʊp] 動 應對, 處理   cope with ~ 應對 ~

He knows how to **cope with** different situations.
他知道如何應對不同的狀況。

---

copper [ˈkɑːpɚ] 形 紅銅色的 名 紅銅

Copper price keeps soaring recently.
近期銅價持續飆漲。

參照 cable → **cord** [ˈkɔːrd] 名 電線, 繩索

69

中階英語單字 (C15)

correspond [ˌkɔːrəˈspɑːnd] 動 符合, 一致

字源：co- (互相) + respond 回應　　correspond to/with ~ 與~一致

Our ideas **correspond with** each other.
我們想法彼此一致。

基礎衍生字彙 → **costly** [ˈkɑːstli] 形 昂貴的, 花錢的

---

costume [kɑˈstuːm] 名 服裝

We bought several **costumes** for Halloween.
我們買了好幾套服裝萬聖節要穿。

---

cottage [ˈkɑːtədʒ] 名 小別墅, 小舍

I have a **cottage** nearby a forest and a creek.
我有一棟別墅，附近有森林與小河。

似義字：villa 大別墅

---

cotton [ˈkɑːtən] 名 棉花

Cotton provides nice stuffing for a doll.
棉花為娃娃提供很好的填充物。

---

cough [ˈkɔːf] 動 名 咳嗽

The kid has been **coughing**.
這位小孩子一直在咳嗽。

參照 conference → **council** [ˈkaʊnsəl] 名 內部會議

70

單字遊戲

countable [ˈkaʊntəbəl] 形 可計數的, 可數的
字源：count 計數 + able 可以

Nouns can be **countable** or uncountable.
名詞可以是可數的或不可數的。

---

counter [ˈkaʊntɚ] 名 檯面 (櫃台, 流理台) 動 反向, 逆向
字源：count 計數 + er 地方　　補充：counterclockwise 逆時鐘

You can buy cold remedies **over the counter**.
你可以臨櫃購買感冒成藥。

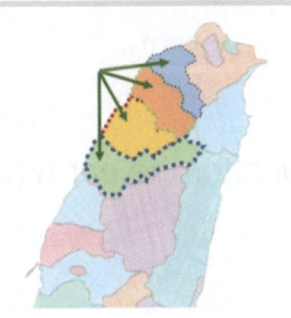

---

county [ˈkaʊnti] 名 郡, 縣
註：country (n) 國家

Counties are made up of cities and towns.
縣由都市與城鎮所組成。

---

courageous [kəˈreɪdʒəs] 形 勇敢的
註：courage (n) 勇氣

Make **courageous** decisions and take accountability.
作勇敢的決定並且扛起責任。

---

courtesy [ˈkɜːtəsi] 名 禮儀
字源：court 宮廷

He is a good kid **with courtesy**.
他是個有禮貌的好孩子。

似義字：politeness 禮貌

中階英語單字 (C16)

coward [ˈkaʊərd] 名 膽小鬼

He is a **coward**. He can't do anything.
他是個膽小鬼什麼都不敢做。

---

crab [ˈkræb] 名 螃蟹

You can't make a **crab** walk straight.
你不能叫一個螃蟹走直線（牛牽到北京也是牛）。

---

crack [ˈkræk] 動 名 裂縫

There is a **crack** on the wall after the earthquake.
地震之後牆壁有了一個裂縫。

---

cradle [ˈkreɪdəl] 名 嬰兒床, 搖籃

I bought a **cradle** for our baby.
我買了一個搖籃給我們的孩子。

---

craft [ˈkræft] 名 工藝品, 手藝

I made some **crafts** at the art class.
我在美術課時做了一些手藝品。

單字遊戲

crane [ˈkreɪn] 名 起重機, 吊車, 鶴

People use **cranes** to lift up heavy objects.
人們使用起重機來搬起重物。

---

crash [ˈkræʃ] 動 撞上 (大力)
clash [ˈklæʃ] 動 撞到 (小力)

An airplane **crashed** into a building this morning.
今天早上一輛飛機撞上了一棟建築物。

---

crawl [ˈkrɒl] 動 爬行
creep [ˈkriːp] 動 爬 (緊貼地面)

Get up! Stop **crawling** on the ground!
起來！不要再地上爬！

---

creator [kriˈeɪʃən] 名 創造者
creature [ˈkriːtʃər] 名 生物, 創造物
creation [kriˈeɪʃən] 名 創造
creative [kriˈeɪtɪv] 形 有創造力的
creativity [ˌkriːeɪˈtɪvəti] 名 創造力

The earth is full of amazing **creatures**.
地球充滿了神奇美麗的生物。

---

credit [ˈkrɛdɪt] 名 信用, 貸方 動 計入貸方

Do you accept **credit cards**?
你們收信用卡嗎？

中階英語單字 (C17)

crew [ˈkruː] 名 全體船(機)員

The whole **crew** got vaccinated already!
全體機組人員都已經施打過疫苗了。

---

cricket [ˈkrɪkɪt] 名 蟋蟀

The **cricket** and the grasshopper look alike.
蟋蟀與蚱蜢看起來很像。

---

criminal [ˈkrɪmənəl] 名 犯人, 罪犯

註：crime (n) 犯罪

He is a dangerous **criminal**.
他是一位危險的罪犯。

---

crispy [ˈkrɪspi] 形 酥脆的, 清脆的
crunchy [ˈkrʌntʃi] 形 發嘎吱聲的

This biscuit is super **crispy**.
這餅乾超級酥脆的。

---

critic   [ˈkrɪtɪk]   名 批評, 評論家
critical   [ˈkrɪtɪkəl]   形 關鍵性的, 危急的
criticize [ˈkrɪtəˌsaɪz]   動 批評, 評論
criticism [ˈkrɪtəˌsɪzəm]   名 評論

There has been lots of **critics** about Joe recently.
近來有好多關於 Joe 的批評聲。

單字遊戲

crop [ˈkrɑ:p] 名 農作物 動 收割

We need to plant more **crops** for food.
我們需要種植更多的農作物來當食物。

crown [ˈkraʊn] 名 王冠 動 戴上王冠

The king has been **crowned** for his throne.
國王已經受加冕為王。

cruel [ˈkru:əl] 形 殘酷的
cruelty [ˈkru:lti] 名 殘酷

Ted is such a **cruel** man. He kills stray dogs for food!
Ted 是如此殘忍的一個人。他殺流浪狗來吃！

圖見 crisp → **crunchy** [ˈkrʌntʃi] 形 發嘎吱聲的

crush [ˈkrʌʃ] 動 壓扁 名 迷戀

Let's **crush** all the cans for recycling.
我們將所有的罐子壓碎回收吧。

cube [ˈkju:b] 名 立方體, 立方

Feel free to add **ice cubes** to your drinks.
飲料若要加冰塊歡迎自己動手。

中階英語單字 (C18)

cue [ˈkjuː] 動 名 暗示
註：clue (n) 線索

I can feel that he is sending me a **cue**.
我可以感覺到他在給我一個暗示。

同義字：hint 提示

cunning [ˈkʌnɪŋ] 形 狡猾的, 奸詐的

Cats are cute, but they can be **cunning** too.
貓很可愛，但是也很狡猾。

cupboard [ˈkʌbərd] 名 食櫥, 碗櫃
字源：cup 杯子 + board 板子

Can you get a mug from the **cupboard** for me?
你可以幫我從碗櫃中取一個馬克杯?

curiosity [ˌkjʊriˈɑːsəti] 名 好奇心
註：curious (a) 好奇的

Cats are born with natural **curiosity**.
貓咪天生就有好奇心。

curl [ˈkɝːl] 動 弄捲
註：curly (a) 捲曲的

I like your curly hair. How did you **curl** your hair?
我喜歡你的捲髮。你是怎麼燙捲頭髮的？

76

單字遊戲

curse [ˈkɝːs] 動 名 詛咒, 咒罵

Stop **cursing** on people! It's rude.
停止罵人！這樣很無理。

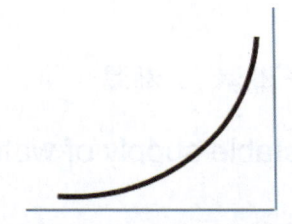

curve [ˈkɝːv] 名 曲線
註：curvature (n) 曲度

Human spines are slightly **curved**.
人類脊椎是稍微有曲線的。

cushion [ˈkʊʃən] 名 墊子, 坐墊

Why don't you bring a **cushion** to the couch?
為何不要帶個靠墊來沙發坐呢？

中階英語單字 (D1)

dairy [ˈdɛri] 形 奶製的

Some people are allergic to **dairy products**.
有些人對乳製品過敏。

dam [ˈdæm] 名 水壩
damp [ˈdæmp] 形 潮濕的 動 使~潮濕 名 潮濕

People built a **dam** to ensure a stable supply of water.
人們築水壩來確保穩定的供水量。

dare [ˈdɛr] 動 大膽, 竟敢 副/助 大膽, 竟敢

Dare you come to my territory!
你竟敢來我的領地！

註：brave 勇敢的

稱呼語 ➡ **darling** [ˈdɑːrlɪŋ] 親愛的, 達令

dash [ˈdæʃ] 動 急衝 名 急衝, 破折號

In the final meters, all runners **dashed** to be the winner. 在最後幾公尺時，所有的跑者衝刺求得獲勝。

註：run 跑

基礎衍生字彙 ➡ **database** [ˈdeɪtəˌbeɪs] 名 資料庫

dawn [ˈdɒn] 名 黎明 (日出時分)

I work from **dawn** to dusk.
我從黎明工作到黃昏。

註：dusk 黃昏

78

單字遊戲

基礎衍生字彙 ⟹ **deadline** dead (死亡的) + line (線) 名 最後期限

---

dealer [ˈdiːlɚ] 名 業者, 商人, 處理者
註：deal (v) 交易, 成交

I bought a car through a local **dealer**.
我透過一位地方業者買了一部車。

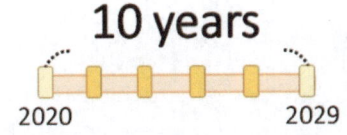

---

decade [dɛˈkeɪd] 名 十年

The world has changed a lot over the past **decades**.
這個世界在過去幾十年來改變了很多。

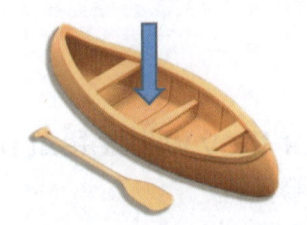

---

deck [ˈdɛk] 名 船甲板

Let's stay on the **deck** to enjoy the view.
我們待在甲板上觀賞美景吧。

---

declare [dɪˈklɛr] 動 宣佈, 宣告
註：de- (to) + clear 講清楚

The government has **declared** a state of emergency.
政府宣佈了國家進入緊急狀態。

---

decorate [ˈdɛkəˌret] 動 佈置, 裝飾
decoration [ˌdɛkəˈreɪʃən] 名 佈置, 裝飾

Let's **decorate** the Christmas tree together.
我們一起裝飾聖誕樹吧。

註：ornament 裝飾品

中階英語單字 (D2)

decrease [dɪˋkriːs] 動 名 減少, 下滑

反：increase 增加

同義字：decline 下滑

The birthrate is **on the decrease**.
出生率在下滑。

---

deed [ˋdiːd] 名 作為, 行為, (善)行

He is a man of **good deeds**.
他是一位良善的人

基礎衍生字彙 ➔ **deepen** [ˋdiːpən] 動 加深

---

defeat [dɪˋfiːt] 動 戰勝 名 潰敗

We must **defeat** our enemy or they will defeat us.
我們必須戰勝敵人，不然就是敵人戰勝我們。

名詞用法　The aggressor is doomed to **defeat**.
侵略者註定要失敗。

同義字：conquer 征服

---

defend [dɪˋfɛnd] 動 防禦, 保衛
defense [dɪˋfɛns] 名 防禦, 保衛
defensive [dɪˋfɛnsɪv] 形 防禦的
defensible [dɪˋfɛnsəbəl] 形 可防禦的, 可辯護的

Our soldiers are working hard to **defend** our country.
我們的士兵正在努力保衛國家。

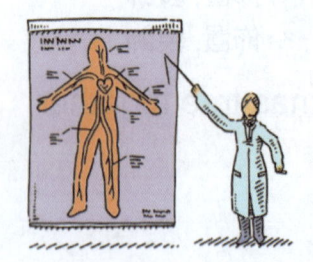

---

definition [͵dɛfəˋnɪʃən] 名 定義
definite [ˋdɛfənɪt] 形 明確的, 確切的 (定義清楚的)

註：define (v) 定義

Let's get clear with some **definitions**.
我們先清楚了解一些字的定義。

單字遊戲

delicate [ˈdɛlɪkət] 形 精緻的, 嬌嫩的

註：delicacy 美食

Be sure to sample some **local delicacies** when you travel. 旅遊時別忘了品嘗當地美食。

---

delight [dəˈlaɪt] 動 使~愉悅
delightful [dəˈlaɪtfəl] 形 令人愉快的

同義字：happy, glad

My parents are **delighted** when I got straight A's. 當我成績拿到一連串 A 時，我的父母感到很高興。

---

demand [dɪˈmænd] 動 要求 名 需求

They went to the street to **demand** freedom. 他們上街頭要求自由。

似義字：advocate 提倡

---

democracy [dɪˈmɑːkrəsi] 名 民主
democratic [ˌdɛməˈkrætɪk] 形 民主的

The Statue of Liberty is a symbol of **democracy**. 自由女神像是一個民主的象徵。

---

demonstrate [ˌdɛmənˈstreɪt] 動 展示
demonstration [ˌdɛmənˈstreɪʃən] 名 示範、示威

Let me give you a **demonstration** how this phone works. 讓我為您示範一下這支手機如何運作。

中階英語單字 (D3)

dense [ˈdɛns] 形 密集的, 稠密的

註：density (n) 密度

Taiwan is **densely populated**.
台灣人口密度很高。

depart [dəˈpɑːrt] 動 起程, 離開
departure [dəˈpɑːrtʃɚ] 名 起程, 離開

When is the **departure** time of your flight?
你的班機幾點離開？

dependent [dəˈpɛndənt] 形 依賴的, 依靠的

註：depend (v) 依賴

Small birds are highly **dependent** on their parents.
幼鳥高度仰賴他們父母為生。

deposit [dəˈpɑːzət] 動 名 存款, 存放

I want to **deposit** $2,000 into my savings account.
我想要存款 2000 元到我的存款帳戶裡。

depression [dəˈprɛʃən] 名 沮喪, 憂鬱

註：depress (v) 感到沮喪　字源：de- (往下) + press (壓)

I've been suffering from **depression** for years.
我多年來罹患憂鬱症。

單字遊戲

deserve [dəˈzɝːv] 動 應得, 值得

You work so hard. You deserve it!
你工作如此認真。這是你應得的。

designer [dəˈzaɪnɚ] 名 設計師
註：design (v) 設計

Jenny is a great designer.
Jenny 是一位很棒的設計師。

desire [dɪˈzaɪɚ] 動 渴望 名 慾望
desirable [dəˈzaɪrəbəl] 形 登令人嚮往的

John has a strong desire for love.
John 對愛情有很強烈的渴望。

註：eager 渴望

desperate [ˈdɛsprɛt] 形 絕望的, 無助的
註：despair (v) 感到絕望

I gave up! I'm desperate.
我放棄了！我已經絕望。

despite [ˌdɪˈspaɪt] 介 儘管, 不管
同義字：in spite of 儘管

He went on a boat ride despite the rain.
儘管下雨，他還是搭船出去。

同義字：in spite of

83

中階英語單字 (D4)

dessert [dɪˈzɜːt] 名 甜點

Are you ready for **dessert**?
準備好要吃甜點了嗎？

destroy [dəˈstrɔɪ] 動 摧毀, 毀滅
destruction [dəˈstrʌkʃən] 名 摧毀, 毀滅

This building is completely **destroyed**.
這間建築物被完全摧毀了。

detect [dɪˈtɛkt] 動 偵查
detective [dɪˈtɛktɪv] 名 偵探 形 偵查的

The **detective** is looking for evidence in crime scenes. 這名偵探正在犯罪現場尋找證據。

determine [dɪˈtɜːmɪn] 動 決心
determination [dɪˌtɜːmɪˈnɛʃən] 名 決定

註：de- (向下) + terminate 終結

She's **determined** to become a scientist.
她下決心要當一位科學家！

device [dɪˈvaɪs] 名 裝置 (手機、筆電、平板等)
devise [dɪˈvaɪz] 動 設計, 發明

This app can be used on different **devices**.
這個 app 可以使用於不同的裝置上。

單字遊戲

devil [ˈdɛvəl] 名 魔鬼

He is such a **devil**.
他真是一位惡魔。

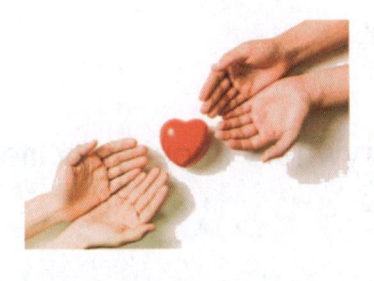

註：evil 邪惡的

---

devote [dɪˈvoʊt] 動 奉獻

I want to **devote** more time to my family.
我要奉獻更多時間給我的家人

---

dew [ˈduː] 名 露水, 朝氣

Do you know how **dew** forms in the morning?
你知道早晨的露水是如何出現的嗎？

---

diagram [ˈdaɪəˌɡræm] 名 圖表

These **diagrams** can show a lot of information.
這些圖表可以顯示出很多資訊。

同義字：chart, graph

---

differ [ˈdɪfɚ] 動 不同於   differ from ~ 不同於

註：different (a) 不同的

Tom **differs from** the other kids in many ways.
Tom 在許多方面不同於其它的小孩。

85

中階英語單字 (D5)

digest [daɪˈdʒɛst] 動 消化

Fiber cannot be **digested** by the human body.
纖維質無法被人體消化。

---

digital [ˈdɪdʒətəl] 形 數位的

註：digit (n) 數位

Digital products are everywhere in our daily life.
我們的日常生活中充斥著數位產品。

---

dignity [ˈdɪgnəti] 名 尊嚴

We live and die with **dignity**.
我們生死都要尊嚴。

註：ego 自尊心

---

diligent [ˈdɪlədʒənt] 形 勤奮的
diligence [ˈdɪlədʒəns] 名 勤奮

Tom is a **diligent** man.
Tom 是一個勤勞的人。

---

dim [ˈdɪm] 形 微暗的

Don't read in the **dim light**.
不要在微光中讀書。

86

單字遊戲

dime [ˈdaɪm] 名 十分錢 (一角)

Nowadays, nothing costs **a dime**.
現在一角買不起任何東西了。

dine [ˈdaɪn] 動 進餐, 用餐

註：dinner (n) 晚餐

We seldom **dine out**.
我們很少外食。

dinosaur [ˈdaɪnəˌsɔːr] 名 恐龍

Dinosaurs went extinct about 65 million years ago.
恐龍大約 6500 萬年前滅絕了。

dip [ˈdɪp] 動 沾

Dip your chicken nugget in the sauce. It's yummy.
將你的雞塊沾醬。很好吃的。

diploma [dɪˈploʊmə] 名 畢業文憑

I got my **diploma** from Harvard University.
我得到哈佛大學的文憑。

中階英語單字 (D6)

diplomat [ˈdɪpləˌmæt] 名 外交官

The president will be meeting with foreign **diplomats**.
總統會將會接見來自他國的外交官。

dirt [ˈdɜːt] 名 泥土, 汙垢

註：dirty (a) 髒的

The floor is so dirty. Look at all the **dirt**!
地板好髒喔。看看這些汙垢！

disability [ˌdɪsəˈbɪləti] 名 身障, 無能

註：disable (v) 使~失能　字源：dis- (否定) + ability 能力

Having a physical **disability** has never stopped me.
身障從未阻擾我。

註：handicapped

---

disappoint [ˌdɪsəˈpɔɪnt] 動 使~失望
disappointment 名 失望

字源：dis- (否定) + appoint 指定

My test result made my parents **disappointed**.
我的考試成績讓父母失望了。

disadvantage	[ˌdɪsədˈvæntɪdʒ]	名 劣勢, 缺點
discourage	[dɪsˈkɜːɪdʒ]	動 使~沮喪
discount	[ˈdɪskaʊnt]	動名 打折
dishonest	[dɪˈsɑːnɪst]	形 不誠實的
dislike	[ˌdɪsˈlaɪk]	動 不喜愛, 厭惡
disorder	[dɪˈsɔːrdɚ]	名 失調, 混亂

註：dis- (表示否定)

單字遊戲

disaster [ˌdɪˈzæstɚ] 名 大災難, 不幸

Natural disasters are difficult to predict.
天然災害難以預測。

---

discipline [ˈdɪsəplɪn] 動 懲戒 名 紀律, 教養

These soldiers are highly **disciplined**.
這些士兵很有紀律。

---

disguise [ˌdɪsˈgaɪz] 動 名 偽裝, 掩飾

That was a brilliant **disguise**!
這真是厲害的偽裝。

---

disgust [ˌdɪsˈgʌst] 動 使作嘔

This is **disgusting**!
這真是令人作嘔

---

disk [ˈdɪsk] 名 圓盤, 磁碟機
註：英式拼法為 disc

I store all my files in this **disk**.
我將所有檔案都儲存在這一顆磁碟裡。

中階英語單字 (D7)

dismiss [dɪˈsmɪs] 動 解散, 解雇

字源：dis- (否定) + miss 留念

Joe was **dismissed** last month.
Joe 於上個月被解雇了。

同義字：discharge

---

dispute [dɪˈspjuːt] 名 爭執

They are having a **dispute** over a financial issue.
他們在一項財務議題上起了爭執。

同義字：argument, quarrel

---

distinct [dɪˈstɪŋkt] 形 與眾不同的
distinguish [dɪˈstɪŋgwɪʃ] 動 區別, 識別
distinguished [dɪˈstɪŋgwɪʃt] 形 卓越的, 著名的

Everyone's is **distinct** and unique.
每個人都是與眾不同且獨特的。

---

distribute [dɪˈstrɪbjuːt] 動 分配, 配送
distribution [ˌdɪstrəˈbjuːʃən] 名 分配, 配送

More vaccines will be **distributed** to the world.
更多的疫苗將會被分配至世界各處。

---

district [ˈdɪstrɪkt] 名 地區, 區域

The city government is located in this **district**.
市政府坐落於該行政區。

單字遊戲

disturb [ˌdɪˈstɜːb] 動 干擾, 打擾

Stop! You are **disturbing** me!
停！你們正在干擾我！

ditch [ˈdɪtʃ] 名 大水溝 動 挖水溝

Farming in this area relies on the **irrigation ditch**.
這地區的農事仰賴著這條灌溉水溝。

dive [ˈdaɪv] 動 跳水, 潛水

Let's **dive** into the water to watch the marine lives!
讓我們潛下這個水域來觀賞海水生物吧！

diverse [daɪˈvɜːs] 形 多樣化的
diversity [dɪˈvɜːsəti] 名 多樣化, 差異性

This country is known for its **diverse culture**.
該國以多元文化聞名。

divine [dɪˈvaɪn] 形 神授的, 神的

Love is a **divine power**.
愛是神聖的力量。

中階英語單字 (D8)

divorce [dɪˈvɔːrs] 動 名 離婚

They got **divorced** on the day they got married.
他們在結婚的同一天離婚。

dizzy [ˈdɪzi] 形 暈眩的

I feel **dizzy**.
我覺得暈眩。

dock [ˈdɑːk] 名 碼頭 (停船處)

A ship parked in the **dock**.
一艘船停靠在碼頭。

dodge [ˈdɑːdʒ] 動 名 閃開, 躲避

註：dodge ball 躲避球

My kids love to play **dodge ball** with me.
我的小孩很愛跟我玩躲避球。

dolphin [ˈdɑːlfɪn] 名 海豚

A **dolphin** jumped out of water.
一隻海豚跳出了水面。

單字遊戲

dominate [ˈdɑːməˌneɪt]　動 主宰, 支配
dominant [ˈdɑːmənənt]　形 主宰的, 支配的

He is **dominating** the company.
他正主宰著這間公司。

---

donkey [ˈdɑːŋki]　名 驢子

似：mule 騾子 (馬和驢的後代)

Only kids are allowed to ride a **donkey**.
只有小孩子可以騎驢子。

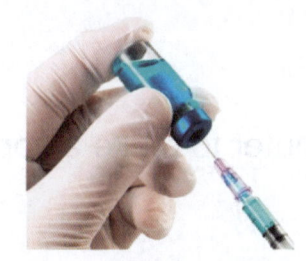

---

dose [doʊs]　名 藥劑, 一劑

I received the first **dose** of Covid-19 vaccine.
我施打了第一劑新冠病毒疫苗。

---

doubtful [ˈdaʊtfəl]　形 懷疑的

註：doubt (v) 懷疑

His words make me feel **doubtful**.
他的話讓我懷疑。

---

doughnut [ˈdoʊnʌt]　名 甜甜圈

註：dough 麵團 + nut (小東西)

Who ate my **doughnut**?
誰吃了我的甜甜圈？

中階英語單字 (D9)

downtown [ˈdaʊntaʊn] 名 市中心
字源：down 下面 + town 城鎮

I work **downtown** but I live in the suburb.
我在市中心工作，但是我住在郊區。

draft [ˈdræft] 名 草稿　字源：draw 畫

I'm writing a **draft** for my essay.
我正在為我的論文打草稿。

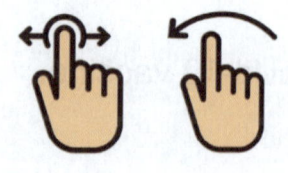

drag [ˈdræg] 動 拖曳

Drag the file into your computer to make a copy.
把檔案拖拉到你的電腦來做複製。

dragonfly [ˈdrægənflaɪ] 名 蜻蜓
字源：dragon 龍 + fly 飛

There are many **dragonflies** along this creek.
沿著這條溪流有許多的蜻蜓。

drain [dræn] 形 排水　名 排水器　字源：dry 弄乾

The sink is clogged. The water doesn't **drain**!
水槽堵塞了。水排不掉。

單字遊戲

dramatic [drəˋmætɪk] 形 戲劇化的, 引人注目的
註：drama (n) 戲劇

A good play should have a **dramatic** plot.
一齣好的戲劇應當要有戲劇化的劇情。

dread [ˋdrɛd] 動 名 懼怕
註：dead (n) 死亡

Why do I feel a sense of **dread**?
為什麼我有種害怕的感覺。

drift [ˋdrɪft] 動 名 漂流

My mind is **drifting** and I can't stop it.
我的內心飄浮不定並且無法阻止。

drill [ˋdrɪl] 動 鑽孔 名 鑽頭

I need to **drill** two holes on the wall.
我需要在牆壁鑽兩個洞。

drip [ˋdrɪp] 動 滴水
註：drop (n) 水滴

The faucet has been **dripping** for the whole night.
水龍頭已經滴水滴了一整晚。

中階英語單字 (D10)

drown [ˈdraʊn] 動 淹沒, 溺水

Someone is **drowning**! Help!
有人溺水了。救命啊！

drowsy [ˈdraʊzi] 形 昏昏欲睡的

I feel **drowsy** today. I don't know why.
我今天昏昏欲睡的，不知道為什麼。

基礎衍生字彙 → **drugstore** 名 藥房

基礎衍生字彙 → **drunk** [ˈdrʌŋk] 動 喝(過去分詞) 形 喝醉的

dumb [ˈdʌm] 形 笨拙的, 啞的

Stop telling **dumb jokes**!
停止說一些無聊的笑話。

dump [ˈdʌmp] 動 傾倒, 丟下

Someone **dumped** the trash in the forest.
有人在森林裡傾倒垃圾。

dumpling [ˈdʌmplɪŋ] 名 水餃

字源：dump (v) 傾倒 (全丟下去煮)

I like Chinese food, especially **dumplings**.
我喜歡中式食物，特別是餃子。

96

單字遊戲

durable [ˈdʊrəbəl] 形 持久的, 耐用的

註：due (n) 到期; duration (n) 持久度

Plastic products are **durable**.
塑膠產品很耐用。

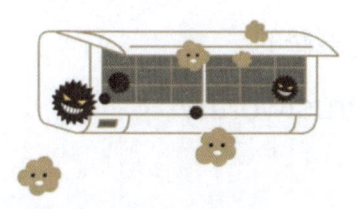

dust [ˈdʌst] 名 灰塵 動 除塵
dusty [ˈdʌsti] 形 許多灰塵的

The aircon is getting old and full of **dust**.
這台冷氣機越來越老舊並且充滿灰塵。

dye [ˈdaɪ] 動 染色 名 染料

I like to **dye** my hair blond.
我喜歡將我的頭髮染為金髮色。

dynasty [ˈdaɪnəsti] 名 朝代
dynamic [daɪˈnæmɪk] 形 動態的, 充滿活力

字源：dyno- (表示力量)

The **Ming dynasty** was a great dynasty in Chinese history. 明朝是中國歷史的一個偉大朝代。

中階英語單字 (E1)

eager [ˈiːgɚ] 形 渴望的, 急切的

John **is eager for** love.
John 渴望愛情。

註：desired

earnest [ˈɜːnəst] 形 熱切的, 誠摯的

Jane is keen, **earnest** and trustworthy.
Jane 熱心、認真、且值得信任。

同義字：keen

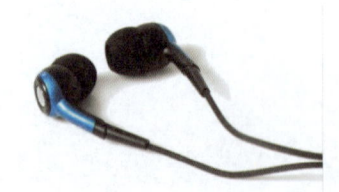

earphone [ˈɪrˌfoʊn] 名 耳機

Using **earphones** for too long will hurt your ears.
耳機使用太久會傷害你的耳朵。

echo [ˈekoʊ] 動 回響 名 回聲

I can hear the **echo** from this wall.
我可以聽見這道牆壁所傳來的回音

economy [ɪˈkɑːnəmi] 名 經濟
economist [ɪˈkɑːnəməst] 名 經濟學者
economics [ˌekəˈnɑːmɪks] 名 經濟學
economic [ɪˈkɑːnəmi] 形 經濟上的, 經濟學的
economical [ˌekəˈnɑːmɪkəl] 形 經濟的

The **economy** is slowly recovering after the war.
戰爭之後經濟正慢慢恢復。

單字遊戲

edit [ˈɛdɪt] 動 編輯, 校訂
editor [ˈɛdɪtɚ] 名 編輯者, 校訂者

This **editor** has a great sense of humor.
這位編輯者頗具幽默感。

---

educate [ˌɛdʒʊˈkeɪt] 動 教育
educational [ˌɛdʒəˈkeɪʃənəl] 形 教育的

It's important to **educate** people to be good.
教育人們向善是很重要的。

---

efficient [əˈfɪʃənt] 形 有效率的
efficiency [əˈfɪʃənsi] 名 效率

We can find more **efficient** ways to complete the task.
我們可以找到更有效率的方式來完成這項工作。

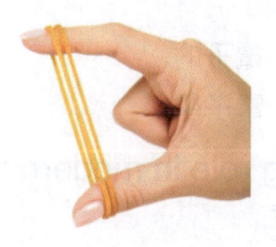

---

elastic [əˈlæstɪk] 形 有彈性的, 有彈力的

Rubber bands are made of several **elastic** materials.
橡皮圈是由多種彈性的物質所製成。

---

elbow [ˈɛlˌboʊ] 名 手肘

People sometimes greet each other with the **elbow**.
人們有時候以手肘來打招呼。

99

中階英語單字 (E2)

elderly [ˈɛldɚli] 形 年長的
註：elder (n) 年長者

You should listen to the advice of the **elderly**.
你應該聽取年長者的意見。

elect [ɪˈlɛkt] 動 選出
election [ɪˈlɛkʃən] 名 選舉

Three candidates are running in this **election**.
三位候選人將參選本次的選舉。

electricity [ɪˌlɛkˈtrɪsəti] 名 電
註：electric (a) 電的

All metals are conductors of **electricity**.
所有的金屬都是電的導體。

electronic [ɪˌlɛkˈtrɑːnɪk] 形 電子的
electronics [ɪˌlɛkˈtrɑːnɪks] 名 電子學

Electronic devices play a big role in modern life.
電子產品在現代生活中扮演著重大角色。

elegant [ˈɛləgənt] 形 優雅的

She is smart and **elegant**.
她聰明且優雅。

同義字：graceful

單字遊戲

element [ˈɛlɪmənt] 名 要素, 成分
elementary [ˌɛlɪˈmɛntərɪ] 形 基礎的, 國小的

My kids are in **elementary school**.
我的小孩在就讀小學。

elevator [ˈɛləˌvetə] 名 電梯, 升降機

註：elevate (v) 升起

The **elevator** is not working. Let's take the stairs.
電梯壞了。我們走樓梯吧。

eliminate [əˈlɪməˌnet] 動 消除, 殲滅

All enemies should be **eliminated**.
所有的敵人都應當被消滅。

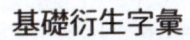

基礎衍生字彙 → **elsewhere** [ˈɛlˌswɛr] 副 在其它處, 在別處

embarrass [emˈbɛrəs] 動 使尷尬
embarrassment 名 尷尬

This was really **embarrassing**.
這真的是很尷尬。

embassy [ˈɛmbəsɪ] 名 大使館

註：ambassador 大使

I work for the **embassy**.
我替大使館工作。

101

中階英語單字 (E3)

emerge [ɪˈmɝːdʒ] 動 浮現, 出現
emergency [ɪˈmɝːdʒənsi] 名 緊急情況

I made an **emergency call**.
我撥打了緊急電話。

---

emotional [ɪˈmoʊʃənəl] 形 情緒化的
註：emotion (n) 情緒

This girl is too **emotional**.
這位女孩太情緒化了。

似義字：mood 心情

---

emphasis [ˈɛmfəˌsɪs] 名 強調, 重視
註：emphasize (v) 強調

He put too much **emphasis** on the same thing.
他過度強調同一件事情。

---

empire [ˈɛmpaɪɚ] 名 帝國
emperor [ˈɛmpərɚ] 名 皇帝

A good **emperor** must be merciful but decisive.
一位好皇帝必須要仁慈但是果斷。

---

enable [ɪˈneɪbəl] 動 使~能夠
字源：en (使) + able (有能力)

Stress **enables** me to grow.
壓力使我成長。

102

單字遊戲

enclose [ɪnˈkloʊz] 動 附上, 封起來, 圍住
字源：en (使) + close 關上

I **enclosed** a file with this email.
我在這封 email 附上了一份檔案。

---

encounter [ɪnˈkaʊntɚ] 動 遭遇
字源：en (使) + counter 對上

I **encountered** something strange this morning.
今天早上我遇到了一件怪事。

---

endanger [ɪnˈdeɪndʒɚ] 動 產生危險, 瀕危
字源：en (使) + danger 危險

We must protect **endangered** animals.
我們必須保護瀕臨絕種的動物。

---

endure [ɪnˈdjʊr] 動 忍耐, 忍受
註：durable 耐久的

We must learn to **endure** hard times.
我們必須學習忍受艱困的時光。

---

energetic [ˌɛnɚˈdʒɛtɪk] 形 充滿能量的
註：energy (n) 能量

Why are you always so **energetic**?
為何你總是充滿活力？

103

中階英語單字 (E4)

enforce [ɪnˈfɔːrs] 動 實施, 執行
enforcement 名 實施, 執行

字源：en (使) + force (強制力)

Some rules are not easy to be **enforced**.
有些規則不太容易執行。

force 力量、強迫

---

engage [ɪnˈgeɪdʒ] 動 訂婚, 致力於~
engagement 名 訂婚

We are **engaged**! 我們訂婚了。

He is quite **engaged** at work. 他相當投入於工作。

---

engineering [ˌɛndʒɪˈnɪrɪŋ] 名 工程學

註：engine 引擎

I major in **mechanical engineering**.
我主修機械工程。

---

enjoyable [ɪnˈdʒɔɪəbəl] 形 快樂的, 享受的

註：enjoy (v) 享受

I always try to make life **enjoyable**.
我總會試著讓生命愉悅。

---

enlarge [ɪnˈlɑːrdʒ] 動 變大, 增大
enlargement 名 變大, 增大

字源：en (使) + large 大的

Reading will **enlarge** your vocabulary.
閱讀會擴大你的單字量。

單字遊戲

enormous [ɪˈnɔːrməs] 形 巨大無比的
字源：e- (exit 超過) + normal 正常的

This thing is not just big. It's **enormous**!
這東西不只是大而已。它簡直巨大無比。

---

ensure [ɪnˈʃʊr] 動 確保, 擔保
字源：en (使) + sure (有保障)

This insurance will **ensure** you get paid while you are sick. 這份保險會確保你生病的時能受到給付。

註：insurance (n) 保險

---

entertain [ˌɛntɚˈteɪn] 動 使~愉悅
entertainment 名 娛樂

This show will keep you **entertained**.
這場秀會讓你歡心愉快。

同義字：amuse 取悅

---

enthusiasm [ɛnˈθuːziˌæzəm] 名 熱心, 熱情

Nothing great was ever achieved without **enthusiasm**.
沒有熱情成不了大事。

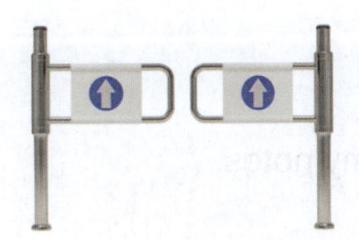

---

entry [ˈɛntri] 名 入口
註：enter 進入

Without a ticket, he still **made an entry** somehow.
沒有票，但不知為什麼他竟然還能入場。

中階英語單字 (E5)

envy [ˈɛnvi] 動 羨慕

I **envy** your life.
我羨慕你的生活。

equality [ɪˈkwɑːləti] 名 相等, 平等

註：equal (v) 相等

Gender equality is important.
兩性平等是很重要的。

equip [ɪˈkwɪp] 動 裝設
equipment 名 裝備, 設備

I need to purchase some **equipment** for my office.
我需要為我的辦公室購買一些設備。

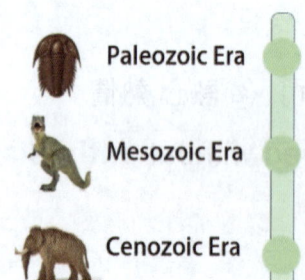

同義字：facility

era [ˈɛrə] 名 時期, 年代

Humans will go to Mars and set up a new **era**.
人類會登上火星並創造出一個新的時期。

erase [ɪˈreɪs] 動 擦掉, 抹去

註：eraser (n) 擦子

I need an eraser to **erase** my notes.
我需要橡皮擦來擦掉我的筆記。

單字遊戲

essential [ɪˈsɛnʃəl] 形 本質的, 必要的

註：essence (n) 本質

Food and water are essential for lives on Earth.
食物與水是地球上生命必須具備的。

establish [ɪˈstæblɪʃ] 動 建立, 設立
establishment 名 建立, 設立

We established a strong team at work.
我們在工作上建立了一個強健的團隊。

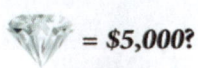

estimate [ˈɛstəmet] 動 名 估計

註：estimation (n) 估計

I don't know the price, but I estimate it to be $5,000?
我不知道價格，但是我估計是 5,000 美元？

ethnic [ˈɛθnɪk] 形 種族的, 人種學的

Each ethnic group has its unique culture.
每一個種族群體都有其獨特文化。

evaluate [ɪˈvæljuˌet] 動 重視, 評價

註：evaluation (n) 評估　　字源：e- (to) + value 評價

Don't evaluate a person on the basis of wealth.
不要以財富來評價一個人。

中階英語單字 (E6)

eventual [əˈvɛntʃuːəl]　形 最後的, 結果的

註：even (a) 平手的　　註：event (n) 事件

This game will **eventually** have a winner.
這場比賽最終會產生一位贏家。

---

evident [ˈɛvədənt]　形 明顯的
evidence [ˈɛvədəns]　名 證據

同義字：proof (n) 證物

We have strong **evidence** to prove you are guilty.
我們有強烈的證據來證明你是有罪的。

---

exaggerate [ɪgˈzædʒəˌrɛt]　動 誇大

She tends to **exaggerate** what she saw.
她容易誇大描述她所見到的事物。

---

excellence [ˈɛksələns]　名 優秀, 傑出

註：excel (v) 傑出, 超越

Excellence is more than performance. It's an attitude.
優秀不是表現那麼簡單。它是一種態度。

---

exception [ɪkˈsɛpʃən]　名 例外

註：except 除~以外

Everyone must obey the law. There is no **exception**.
人人都必須遵守法律。毫無例外。

單字遊戲

exchange [ɪksˈtʃeɪndʒ] 動 名 交換
字源：ex- 互相 + change 改變

同義字：swap

People share and **exchange** goods.
人們會分享並交換物品。

---

exhaust [ɪgˈzɒst] 動 精疲力盡 名 排氣
字源：ex- (出來) + haust 排放

I'm **exhausted**!
我累壞了。

---

exhibit [ɪgˈzɪbɪt] 動 展示 名 展示品
exhibition [ˌɛksəˈbɪʃən] 名 展覽

There is a dinosaur **exhibition** in the museum.
博物館有一項恐龍的展覽。

---

expand [ɪkˈspænd] 動 擴展, 展開
expansion [ɪkˈspænʃən] 名 擴展, 展開

How did Rome **expand** its territory and maintain it?
羅馬是如何擴展領土並加以的維持呢？

---

expectation [ˌɛkspɛkˈteɪʃən] 名 期待, 預期
註：expect (v) 期待

Your **expectation** is too high.
你的期許太高了。

同義字：anticipation 期許

中階英語單字 (E7)

experiment [ɪkˈspɛrəmənt] 動 名 實驗
experimental [ɪkˌspɛrəˈmɛntəl] 形 實驗性的

Tom is doing an **experiment** in the lab.
Tom 在實驗室裡做實驗。

註：laboratory 實驗室

---

explanation [ˌɛkspləˈneɪʃən] 名 說明, 解釋

註：explain (v) 說明

Oh, I see! I like your **explanation**.
喔，我懂了！我喜歡你的解說。

explode [ɪkˈsploʊd] 動 爆發, 爆炸
explosion [ɪkˈsploʊʒən] 名 爆發, 爆炸
explosive [ɪkˈsploʊsɪv] 形 爆發的, 爆炸的

Two atomic bombs **exploded** in Japan in WWII.
二次世界大戰時，兩顆原子彈在日本爆炸。

explore [ɪkˈsplɔːr] 動 探索

Humans are always trying to **explore** the unknown.
人類總是試著探索未知事務。

export [ɛkˈspɔːrt] 動 輸出 [ˈɛkspɔːrt] 名 出口

字源：ex- (出來) + port 港口

Our country relies on heavy **exports**.
我們的國家高度仰賴出口。

110

單字遊戲

expose [ɪkˈspoʊz] 動 暴露
exposure [ɪkˈspoʊʒɚ] 名 曝光

A brief **exposure** to the sun is good for our health.
稍微曝曬於陽光下對我們的健康有益。

expressive [ɪkˈsprɛsɪv] 形 表達的, 表情豐富的

註：express (v) 表達

An expression is often more **expressive** than words.
表情通常比文字更能豐富表達。

extend [ɪkˈstɛnd] 動 延長, 延伸
extent [ɪkˈstɛnt] 名 程度, 限度, 範圍

I **extended** my hands to welcome new friends.
我伸出手來歡迎新朋友。

extreme [ɪkˈstriːm] 形 極端的 動 極限

This task is **extremely** difficult to me.
這項任務對我來說極度困難。

註：limit 極限

111

中階英語單字 (F1)

facial [ˈfeɪʃəl] 形 臉部的
註：face (n) 臉

People can communicate with **facial expressions**.
人們可以運用臉部表情來溝通。

---

facility [fəˈsɪləti] 名 設備, 工具

We have great **facilities** in this school.
我們學校裡有很棒的設備。

同義字：equipment

---

fade [ˈfeɪd] 動 凋謝, 褪色

The flower is **fading**.
花正在凋謝中。

---

faint [ˈfeɪnt] 動名 昏厥, 暈倒　形 昏厥的

Mom! Dad **fainted** in the living room!
媽！爸爸在客廳昏倒了。

---

fairly [ˈfeɪrlɪ] 形 公平地, 美好地, 相當地
註：fair (a) 公平的

All employees are paid **fairly**. 員工薪水都公平良好。

I'm **fairly** sure about this.　　我相當確定這件事情。

112

單字遊戲

fairy [ˈfɛrɪ] 名 小精靈, 仙女   註：fairy tale 童話故事

Alice in Wonderland is a classic **fairy tale**.
《愛麗絲夢遊仙境》是一部經典的童話故事。

---

faith [ˈfeɪθ] 名 信念, 信任
faithful [ˈfeɪθfəl] 形 忠實的, 信任的

I have **faith** in God.
我對神有信念。

同義字：belief

---

fake [ˈfeɪk] 動 偽造 形 捏造的, 假的

This looks so **fake**! It can't be real.
這看起來太假了！這不可能是真的。

---

fame [ˈfeɪm] 名 聲譽, 名望

註：famous (a) 出名的

She first **rose to fame** as a singer at the age of 16.
她第一次成名是在 16 歲擔任歌手的時候。

---

familiar [fəˈmɪljər] 形 熟悉的

字源：family (n) 家人 (感覺像家人)

You look **familiar**. Have we met before?
你看起來好眼熟。我們是不是在哪見過面?

113

中階英語單字 (F2)

fancy [ˈfænsi] 形 夢幻的, 亮眼的
fantasy [ˈfæntəsi] 名 夢幻故事
fantastic [fænˈtæstɪk] 形 超棒的, 神奇的

Let's follow the rabbit into a **fantasy world**.
讓我們一起跟隨這隻兔子進入夢幻世界吧。

---

fare [ˌfɛr] 名 票價, 車費
farewell [ˌfɛrˈwɛl] 名 告別 形 告別的

How much is the **fare** to the airport?
到機場的車資多少呢？

基礎衍生字彙 ➡ **farther / further** 形 更遠的

---

fashionable [ˈfæʃənəbəl] 形 時尚的

註：fashion (n) 時尚

Your style is **fashionable**.
你的風格很時尚。

---

fasten [ˈfæsən] 動 繫緊, 綁緊

Please **fasten** your seat belt.
請繫好你的安全帶。

---

fatal [ˈfeɪtəl] 形 致命的

註：fate (n) 命運

John died of a **fatal disease**.
John 死於一種致命性的疾病。

單字遊戲

faucet [ˈfɒsɪt] 名 水龍頭

I need to change the **faucet** in my kitchen.
我需要更換廚房的水龍頭。

同義字：tap

---

favorable [ˈfeɪvərəbəl] 形 受人喜愛的　註：favor (v) 喜愛
fond [ˈfɑːnd] 形 喜歡的　be fond of ~ 喜愛~

I'm **fond of** cats. 我喜歡貓咪。

Cats are the most **favorable** pet for me.
對我來說貓咪是最受喜愛的寵物。

fax [ˈfæks] 動 名 傳真

Do you know how to use the **fax machine**?
你知道如何使用傳真機嗎？

fearful [ˈfɪrfəl] 形 害怕的　註：fear (v) 害怕
fright [ˈfraɪt] 名 驚恐
frighten [ˈfraɪtən] 動 使~驚恐

Learn to face the challenge. Don't be **frightened**.
學習面對挑戰。不要害怕。

同義字：afraid, dread

---

feast [ˈfiːst] 名 盛宴, 大餐

We had a great **feast** today.
我們今天吃了一個大餐。

115

中階英語單字 (F3)

feather [ˈfɛðɚ] 名 羽毛

Birds of a **feather** flock together.
同一種羽毛的鳥聚集在一起（物以類聚）。

feedback [ˈfiːdˌbæk] 名 回饋, 讚美

字源：feed 餵食 + back 回去

Please give us some **feedback**.
請給我們一些回饋。

fence [ˈfɛns] 名 柵欄, 籬笆

I hope it's not too late to **mend fences** now.
我希望現在修補籬笆（指友誼）不算太晚。

註：mend fences (修補籬笆) 指『修補情誼』之意。

ferry [ˈfɛri] 名 渡輪, 渡船

We decide to **take the ferry** to cross the river.
我們決定搭乘渡輪來渡河。

同義字：boat, ship

---

fertile [ˈfɝːtəl] 形 土地)肥沃的, 孕育的

註：fertilizer (n) 肥料

We need **fertile soil** to grow plants.
我們需要肥沃的土壤來種植。

單字遊戲

fetch [ˈfɛtʃ] 動 去拿來

Go **fetch** the ball!
去把球帶回。

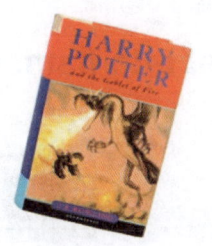

fiction [ˈfɪkʃən] 名 虛構小說

Do you like **fiction** or novels?
你喜歡虛構小說或長篇小說嗎？

同義字：novel

fierce [ˈfɪrs] 形 兇猛的, 殘酷的

I think **fierce animals** are cool!
我覺得兇猛的動物很酷！

fighter [ˈfaɪtɚ] 名 戰士, 鬥士

註：fight (v) 打鬥, 對抗

A best **fighter** is always calm and ready to fight.
最棒的戰士總是保持冷靜並準備好戰鬥。

finance [faɪˈnæns] 名 財政, 金融
financial [faɪˈnænʃəl] 形 財政的, 金融的

A good **finance management** is the key to success.
良好的財務管理是成功的關鍵。

中階英語單字 (F4)

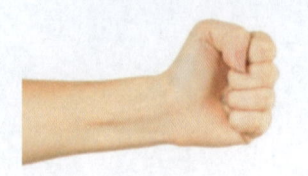

fist [ˈfɪst] 名 拳頭 動 握拳

He struck a boy with his **fist**. That's terrible.
他用拳頭揍了一個男孩。真是糟透了。

flame [ˈfleɪm] 名 火焰 動 燃燒

The airplane crashed and **burst into flames**.
飛機撞毀了並且爆炸成一堆火焰。

基礎衍生字彙 → **fireplace** [ˈfaɪərˌplɛs] 名 壁爐
基礎衍生字彙 → **firework** [ˈfaɪərwɚk] 名 煙火

註：fire (n) 火

flash [ˈflæʃ] 動 閃爍 名 瞬間
flashlight [ˈflæʃˌlaɪt] 名 手電筒

Can you bring a **flashlight** down here in the basement? 你可以帶個手電筒下來地下室這邊嗎？

flatter [ˈflætər] 動 諂媚, 奉承, 使~開心

He likes to **flatter** his customers. 他對顧客阿諛奉承。
Thank you. I feel **flattered**. 謝謝你，我覺得好開心。

flavor [ˈfleɪvər] 動 調味 名 味道

This soup is tasteless. It needs more **flavor**.
這湯沒味道。它需要多一些調味。

單字遊戲

flea [ˈfliː] 名 跳蚤

I spent hours getting rid of **fleas** on my dog.
我花了幾個小時去除我家狗狗身上的跳蚤。

flee [ˈfliː] 動 逃離

They had to **flee** the country due to the war.
由於戰爭的關係，他們必須逃離國家。

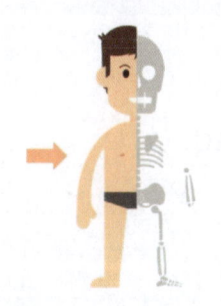

同義字：escape

flesh [ˈflɛʃ] 名 生肉

Human bodies are made of **flesh** and bone.
人體是由肉體與骨骼所組成。

flexible [ˈflɛksəbəl] 形 靈活的, 有彈性的, 可塑性的

Wow, your body is really **flexible**.
哇！你的身體真是靈活有彈性。

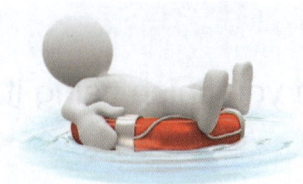

float [floʊt] 動 漂浮 名 漂浮物, 木筏

Human body will **float** in seawater but sink in freshwater.
人類的身體會漂浮在海水上，但在淡水中會下沉。

中階英語單字 (F5)

flock [ˈflɑːk] 名 鳥群, 獸群

A flock of birds is flying in the sky.
一群鳥在天空中翱翔。

---

flood [ˈflʌd] 動 水患 名 水災

The heavy rain is causing **floods** in this city.
豪雨正在為這座城市釀成水災。

---

flour [ˈflaʊər] 名 麵粉

I need **flour** to make some bread.
我需要一些麵粉來製作麵包。

---

fluent [ˈfluːənt] 形 流利的

He speaks **fluent** English.
他說一口流利的英語。

---

flush [ˈflʌʃ] 動 沖水, 沖馬桶

Always **flush** the toilet when you finish using it.
馬桶使用完畢請務必沖掉。

單字遊戲

flute ['fluːt] 名 笛子

Do you know how to **play the flute**?
你知道如何吹笛子嗎？

foam [foʊm] 名 泡沫

I like a bubble bath with lots of **foam**.
我喜歡有很多泡沫的泡泡浴。

foggy ['fɑːgi] 形 有霧的
註：fog (n) 霧

It is **foggy** today. The fog is everywhere now.
今天好霧喔。到處都是霧。

fold [foʊld] 動 名 摺疊

Let me show you how to **fold** a paper airplane.
讓我教你如何摺紙飛機。

follower ['fɑloʊər] 名 追隨者, 信徒
註：follow (v) 跟隨

Great leaders will attract **followers**.
好的領導者會吸引追隨者。

參照 favorable → **fond** ['fɑːnd] 形 喜歡的, 愛好的

中階英語單字 (F6)

forbid [fɔrˈbɪd] 動 禁止,不許

Gambling is **forbidden** in this country.
賭博在這個國家是禁止的。

---

forecast [ˈfɔːrˌkæst] 動 名 預測
註：fore- (提前) + cast 投射

I watch **weather forecast** every morning.
我每天早上都看天氣預報。

---

forever [fɔˈrɛvər] 形 永遠的 副 永遠

A great experience **lasts forever**.
好的經驗會永久存在。

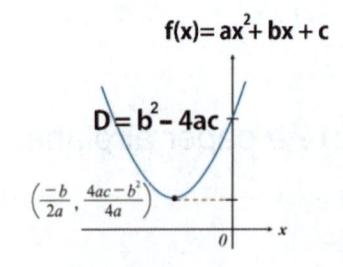

---

formation [fɔːrˈmeɪʃən] 名 形成
formula [ˈfɔːrmjʊlə] 名 公式
註：form (v) 形成

There is no magic **formula** for a perfect marriage.
完美的婚姻不具有神奇的公式。

---

fort [ˈfɔːrt] 名 堡壘, 要塞

Our **fort** is under attack by the enemy!
我們的堡壘遭受到敵人攻擊！

單字遊戲

fortune [ˈfɔːrtʃən] 名 財富, 命運, 幸運
fortunate [ˈfɔːrtʃənət] 形 幸運的

同義字：wealthy

You are going to **make a big fortune** with this plan.
這項計畫會為你賺取大筆財富。

fossil [ˈfɑːsəl] 名 化石

I found a **fossil** of a baby dinosaur!
我發現了一具小恐龍的化石！

founder [ˈfaʊndɚ] 名 創立者
foundation [faʊnˈdeɪʃən] 名 建立, 基礎, 基金會

註：found (v) 創立

Tom is the **founder** of this company.
Tom 是這間公司的創辦人。

fountain [ˈfaʊntən] 名 噴泉

There is a beautiful **fountain** in this park.
這個公園有一座美麗的噴泉。

fragile [ˈfrædʒəl] 形 易碎的

It's **fragile**. Please handle with care.
這很脆弱。請小心處理。

123

中階英語單字 (F7)

frame [ˈfreɪm] 名 框架, 結構 動 作結構

We need a **frame** for our photo.
我們的照片需要一個相框。

frank [ˈfræŋk] 形 坦白的

Frankly speaking, you look ugly!
坦白說，你好醜喔！

---

freeze [ˈfriːz] 動 冷凍
freezer [ˈfriːzɚ] 名 冷凍庫

The weather is **freezing** outside!
外面天氣好冷！

---

frequent [ˈfriːkwənt] 形 頻繁的, 規律的
frequency [ˈfriːkwənsi] 名 頻率

同義字：regular

Recently, I've been working out in the gym **frequently**.
最近，我頻繁上健身房健身。

---

freshman [ˈfrɛʃmɛn] 名 大一學生

字源：fresh 新鮮的 + human 人

The **freshman** year was the best time in my life.
大一那一年的生活是我人生最好的時光。

參照 fearful ➡ **fright** [ˈfraɪt] 名 驚恐

單字遊戲

frost [ˈfrɒst] 名 霜

The trees are covered with a thick layer of **frost**.
樹木上覆蓋著一層厚厚的霜。

---

frown [ˈfraʊn] 動 皺眉頭

She **frowned** when she learned that her son lost his wallet. 得知兒子弄丟錢包時，她皺了眉頭。

---

frustrate [ˈfrəˌstrɛt] 動 使~挫敗
frustration [frʌˈstreɪʃən] 名 挫折感

I feel **frustrated** with this job.
這份工作讓我感到挫敗。

---

fuel [ˈfjuːəl] 名 燃料

Our car needs some **fuel**.
我們的車子需要一些燃料。

---

fulfill [fʊlˈfɪl] 動 履行(諾言等)
fulfillment 名 履行(諾言等)

字源：full 滿的 + fill 填滿

He works hard to **fulfill** his dream.
他努力工作來完成夢想。

中階英語單字 (F8)

functional [ˈfʌŋkʃənəl] 形 有功用的

註：function key (n) 功能鍵

I never use these function keys. Are they **functional**?
我從來沒有使用過這些功能鍵。它們有功用嗎？

fund [ˈfʌnd] 名 資金 動 募資
fundamental [ˌfʌndəˈmɛntəl] 形 基礎的

字源：found 建立; foundation 基礎

I started a company with a small **fund** of $10,000.
我以一筆1萬美元的小筆資金開創了一家公司。

funeral [ˈfjuːnərəl] 名 葬禮, 喪禮

I cried at my father's **funeral**.
我在我父親的喪禮哭了。

fur [ˈfɝː] 名 動物毛

My cat is licking her **fur**.
我的貓在舔她的毛。

furious [ˈfjʊriəs] 形 火大的, 狂怒的

註：fury (n) 憤怒

Anna is getting **furious**.
Anna 火大了。

單字遊戲

furnish [ˈfɝːˌnɪʃ] 動 配置傢俱
註：furniture (n) 傢俱

This new house is fully **furnished**.
這棟新房已經配置好傢俱。

基礎衍生字彙 ➡ **furthermore** [ˈfɝːðərˌmɔːr] 副 而且, 甚至
further (adv) 更遠 + more 更多

中階英語單字 (G1)

gallery [ˈgæləri] 名 畫廊, 美術館

The city gallery offers free admission for students.
這座都市畫廊提供學生免費入場。

---

gallon [ˈgælən] 名 加侖

Can you get a gallon of milk on the way home?
回家路上可以順便買一加侖的牛奶嗎?

---

gamble [ˈgæmbəl] 動 名 賭博

It's illegal to gamble here!
這裡賭博是犯法的喔!

似義字:bet 打賭

---

gang [ˈgæŋ] 名 幫派 動 結群

A gang of 15 students is roaming on the street.
一群 15 名學生的幫派正在街上閒晃。

---

gap [ˈgæp] 名 縫隙   註:generation gap 代溝

There is a generation gap between us.
我們之間有一個代溝。

128

單字遊戲

garage [gəˈrɑːʒ] 名 車庫

Modern houses usually come with a **garage**.
現代的房子通常帶有車庫。

gas [ˈgæs] 名 氣體, 天然氣(瓦斯)

Water exists in three states—solid, liquid or **gas**.
水存在於三種狀態——固體、液體、或氣體。

gasoline [ˈgæsəˌlin] 名 汽油
(簡：gas)

同義字：petroleum

I need to find a **gas station** to fill up my car.
我需要找一間加油站來加油。

gaze [ˈgeɪz] 動 名 凝視, 凝望

I love **gazing** at the stars in a quiet night.
我喜歡在寧靜的夜晚裡凝望星空。

gear [ˈgɪr] 名 齒輪, 工具, 設備

gear up 準備妥善

The city **geared up** for the coming tourist season.
這座城市準備好應對即將來臨的遊客浪潮。

中階英語單字 (G2)

gender [ˈdʒɛndɚ] 名 性別

This job is open to people of all **genders**.
這份工作性別不拘。

gene [ˈdʒiːn] 名 基因
genuine [ˈdʒɛnjʊwɪn] 形 自然的, 真實的
genius [ˈdʒiːnjəs] 形 天才的 名 天才

You are such a **genius**!
你真是一個天才！

generation [ˌdʒɛnəˈreɪʃən] 名 世代, 發電, 產生

註：generate (v) 產生, 發電

Generation gaps usually form between **generations**.
代溝通常形成於不同世代之間。

generosity [ˌdʒɛnəˈrɑːsəti] 名 寬宏大量, 慷慨

註：generous (a) 慷慨的

My boss is very generous. I appreciate his **generosity**.
我的老闆很慷慨，我很欣賞他的慷慨。

geography [dʒiˈɑːgrəfi] 名 地理

字根：geo (地球) + graph 圖案

The best way to learn **geography** is to travel.
學習地理最好的方式就是旅遊。

單字遊戲

germ [ˈdʒɝːm] 名 病菌

Our hands can carry a lot of **germs**.
我們的手可能攜帶著很多病菌。

---

gesture [ˈdʒɛstʃɚ] 名 手勢

She made a **gesture** with her hand.
她用手比了一個手勢。

---

gifted [ˈgɪftɪd] 形 有天賦的　be gifted with~ 擁有~天賦

註：gift (n) 禮物

He is **gifted** with a talent for playing football.
他有踢足球的天賦。

---

gigantic [dʒaɪˈgæntɪk] 形 巨大無比的

註：giant (a) 巨大的

This statue is not just huge. It's **gigantic**.
這座雕像不只是大而已。它無比巨大。

參照 grin ➡ **giggle** [ˈgɪgəl] 動 名 (咯咯)露齒地笑

---

ginger [ˈdʒɪndʒɚ] 名 薑

Do you want some **ginger cookies**?
你想吃薑餅嗎？

131

中階英語單字 (G3)

glance [ˈglæns] 動名 瞄一眼
glimpse [ˈglɪmps] 動名 看一眼

With a glance, I can tell something's going wrong.
我瞄了一眼就知道有些不對勁了。

globe [ˈgloʊb] 名 地球(儀), 球體
global [ˈgloʊbəl] 形 全球的

English is a **global language**.
英文是一個全球語言。

glow [ˈgloʊ] 動名 發光, 灼熱
glory [ˈglɔːri] 名 光榮, 榮譽
glorious [ˈglɔːriəs] 形 榮耀的

I love watching stars **glowing** in the night.
我喜歡看夜晚的星星在發光。

golf [ˈgɑːlf] 名 高爾夫球

Do you play **golf**?
你打高爾夫球嗎?

goods [ˈgʊdz] 名 商品, 貨物品
註：good (a) 好的

These **goods** should be delivered by tomorrow.
這些商品明天前會抵達。

註：cargo 貨物

單字遊戲

gossip [ˈgɑːsəp] 動 名 閒話, 八卦
字源：跟 god 神 + sip 喝酒 (聊是非)

This place is full of **gossip**.
這個地方到處都是八卦。

governor [ˈgʌvənɚ] 名 州長
註：govern (v) 管理　註：government (n) 政府

The **governor** is going to say something now.
州長要說話了。

gown [ˈgaʊn] 名 (女性的)長禮服, 睡袍

She dressed herself in a **gown**.
她穿著一身長禮服。

grab [ˈgræb] 動 名 抓取
grasp [ˈgræsp] 動 名 抓握

Grab a chance when you have it.
遇到機會，就要抓住它。

grace [ˈgreɪs] 名 優雅, 寬限期
graceful [ˈgreɪsfəl] 形 優美的, 雅緻的
gracious [ˈgreɪʃəs] 形 親切的, 和藹的

She is **graceful** and **gracious**.
她優雅又親切。

同義字：elegant

中階英語單字 (G4)

graduate [ˈgrædʒuet] 動 畢業 名 研究生
graduation [ˌgrædʒuˈeɪʃən] 名 畢業

註：grade (n) 成績

I **graduated** from my college this year.
我今年大學畢業了。

---

grammar [ˈgræmɚ] 名 文法
grammatical [grəˈmætɪkəl] 形 合乎文法的

This book makes **grammar** much easier to learn.
這本書讓文法容易學習。

---

graph [ˈgræf] 名 曲線圖, 圖表

This **graph** shows all the data we need.
這張圖表顯示出我們所需要的資料。

同義字：chart, diagram

參照 grab → **grasp** [ˈgræsp] 動名 抓握

grassy [ˈgræsi] 形 長滿草的

註：grass (n) 草地

It's not easy to walk on a **grassy slope**.
長滿草的斜坡不好行走。

---

grasshopper [ˈgræsˌhɑːpɚ] 名 蚱蜢 註：cricket 蟋蟀

字源：grass 草地 + hopper 跳躍者

There are **grasshoppers** in my garden.
我的花園裡有蚱蜢。

單字遊戲

grateful [ˈgreɪtfəl] 形 感激的
gratitude [ˈgrætəˌtuːd] 名 感激
字源 great (a) 很棒的

I feel warm and **grateful**. Thank you.
我覺得溫暖與感激。感謝你。

grave [ˈgreɪv] 名 墓穴
註：gray (a) 灰灰的

同義字：tomb

She lived in the same village from cradle to **grave**.
她從搖籃到墳墓一生都住在同一座村莊裡。

greasy [ˈgriːsi] 形 油膩的
註：grease (n) 油漬

Chinese food is too **greasy** for me.
中式食物對我來說太油膩了。

greedy [ˈgriːdi] 形 貪心的
註：greed (n) 貪心

Hey! You are too **greedy**!
嘿！你太貪心了喔！

greenhouse [ˈgriːnˌhɑːws] 形 溫室的 名 溫室
註：green (a) 綠色的

Greenhouse gases bring up **greenhouse effects**.
溫室氣體帶來了溫室效應。

135

中階英語單字 (G5)

greeting [ˈgriːtɪŋ] 名 問候
註：greet (v) 問候

They gave each other a cheerful **greeting**.
他們給了彼此一個開心的問候。

grief [ˈgriːf] 動名 悲痛, 深度憂傷

She's in deep **grief** after losing her dog.
她失去狗狗而深處悲痛之中。

grin [ˈgrɪn] 動名 (露齒)笑
giggle [ˈgɪgəl] 動名 (咯咯聲)笑

He had a big **grin** on his face.
他臉上露出燦爛的笑容。

grind [ˈgraɪnd] 動 研磨
註：grinder (n) 磨豆機, 研磨機

We **grind** our own coffee, so it's really fresh.
我們自己研磨咖啡，所以咖啡很新鮮。

grocery [ˈgroʊsəri] 名 生活雜貨

We need to do some **grocery shopping** tonight.
我們今晚需要作一些生活用品的採購。

參照 bridegroom → **groom** [ˈgræsp] 名 新郎 動 寵物美容, 理毛

單字遊戲

guardian [ˈgɑːrdiən] 名 守護者, 管理員, 監護人
guarantee [ˌgɛrənˈtiː] 動 名 保證

註：guard (v) 保衛 (n) 保鏢

He became the legal **guardian** of his daughter.
他成為了女兒的合法監護人。

---

guidance [ˈgaɪdəns] 名 引導

註：guide (v) 引導 (n) 導遊

Thanks for your **guidance**.
感謝你的引導。

---

guilt [ˈgɪlt] 名 罪惡感, 過失
guilty [ˈgɪlti] 形 有罪的

I feel **guilty**.
我感到愧疚。

---

gulf [ˈgʌlf] 名 海灣 (深) 似義字：bay 海灣 (淺)

There are two **Persian Gulf Wars** in the history.
歷史上有兩次伯斯灣戰爭。

註：bay 適合玩水, gulf 適合船隻行駛

---

gum [ˈgʌm] 名 口香糖

Do you want some **chewing gum**?
你要不要來口香糖？

137

中階英語單字 (H1)

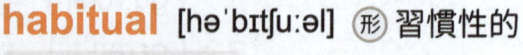

habitual [hə'bɪtʃuːəl] 形 習慣性的
註：habit (n) 習慣

This is my **habitual action**.
這是我的慣性動作。

基礎衍生字彙 → **hairdresser** hair 頭髮 + dresser 穿戴者 名 美髮師
基礎衍生字彙 → **hallway** hall 大廳 + way 路 名 走廊

---

halt ['hɔlt] 動 名 暫停, 停止

The soccer game suddenly **came to a halt**.
足球賽突然間暫停了。

---

hammer ['hæmɚ] 名 鐵鎚, 鎚子

I need a **hammer** for home repairs.
我需要一支鐵鎚來進行居家修繕。

基礎衍生字彙

handy 形 好用的
handful 量 一把
handkerchief 名 手帕
handwriting 名 書寫, 手寫　註：hand 手 + writing 書寫

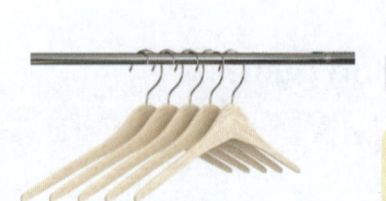

---

hanger ['hæŋɚ] 名 衣架
註：hang (v) 懸掛

I need some **hangers** for my clothes.
我的衣服需要一些衣架。

138

單字遊戲

harbor [ˈhɑːrbɚ] 名 小港, 避風港

Japan attacked Pearl Harbor in WWII.
日本在二次世界大戰中襲擊了珍珠港。

基礎衍生字彙 → **hardship** 名 困難度, 艱困　　hard 困難 + -ship (抽象名詞)
hardware 名 硬體(電腦設備)　　hard 硬的 + -ware (實體)

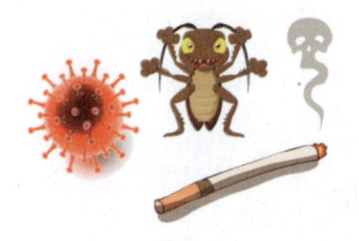

harm [ˈhɑːrm] 動 名 損傷, 傷害
harmful [ˈhɑːrmfəl] 形 有害的

Smoking is harmful to our health.
抽菸對健康有害。

harmony [ˈhɑːrməni] 名 和諧, 協調

We live in peace and harmony.
我們生活在和平與和諧之中。

harsh [ˈhɑːrʃ] 形 嚴峻的, 險惡的

Life is difficult in a harsh desert.
在惡劣的沙漠中生活是艱困的。

harvest [ˈhɑːrvəst] 動 名 收割, 收穫

Farmers are busy during the harvest season.
農夫在採收季節相當繁忙。

139

中階英語單字 (H2)

haste [ˈheɪst] 名 匆忙, 急忙
hasten [ˈheɪsən] 動 匆忙, 催促
hasty [ˈheɪsti] 形 匆忙的

This project was done in **haste**.
這個案件在匆忙情況下完成。

同義字：rush, hurry

---

hatch [ˈhætʃ] 動 孵化 名 (船)艙口

The little chicks are about to **hatch**.
這些小雞即將孵化。

hateful [ˈheɪtfəl] 形 可恨的
hatred [ˈheɪtrəd] 名 恨意

註：hate (v) 恨

My **hatred** is growing.
我的恨意正在加劇當中。

hawk [ˈhɒk] 名 小老鷹

A **hawk** is hovering in the sky.
一隻小老鷹在空中盤旋。

hay [ˈheɪ] 名 乾草

We made **hay** to feed the cattle in winter.
我們製做了乾草以便冬季時餵食牛群。

基礎衍生字彙

headline head 頭 + line 線 名 頭條 
headquarter head 頭 + quarter 駐點 名 總部, 總公司

單字遊戲

heal [ˈhiːl] 動 癒合，痊癒

Your wound will heal in about a week.
你的傷口會在一週左右癒合。

同義字：cure

heap [ˈhiːp] 名 堆

We have heaps of rubbish to clean up here.
我們這裡有一堆垃圾清理。

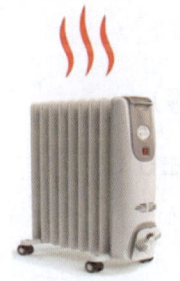

heater [ˈhiːtɚ] 名 暖氣

註：heat (n) 熱氣

It's too cold. Let's turn the heater on.
太冷了！我們開暖氣吧。

heel [ˈhiːl] 名 腳後跟

註：high heel 高跟鞋

These high heels hurt my feet.
這雙高跟鞋傷我的腳。

helicopter [ˈhɛlɪˌkɑːptɚ] 名 直昇機

I bought a private helicopter.
我買了一架私人直升機。

中階英語單字 (H3)

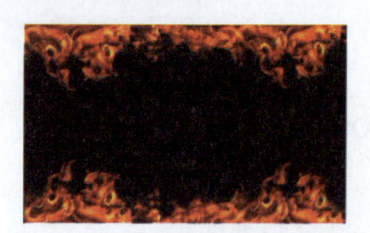

hell [ˈhɛl] 名 地獄,冥府

You will be punished in **hell**!
你會在地獄裡受到處罰！

---

helmet [ˈhɛlmət] 名 安全帽, 頭盔

記法：help me

Make sure you wear a **helmet** to ride a bike.
騎乘腳踏車請務必戴上安全帽。

---

herd [ˈhɜːd] 名 畜牧群（牛羊等）

A **herd** of cattle is coming toward us.
一群牛群像正朝我們方向走過來。

---

hesitate [ˈhɛzəˌtɛt] 動 猶豫
hesitation [ˌhɛzəˈteɪʃən] 名 猶豫

I **hesitated** for a while at that time.
那時我猶豫了一下。

---

hint [ˈhɪnt] 名 提示

Can you give me a **hint**?
你可以給我個提示嗎？

同義字：cue

單字遊戲

hire [ˈhaɪɚ] 動 雇用

We need to **hire** more people.
我們需要雇用更多人。

同義字：recruit, employ

historic [ˌhɪˈstɔːrɪk] 形 歷史性的
historian [ˌhɪˈstɔːriən] 名 歷史學家

註：history (n) 歷史 (字源：his + story 君王的故事)

This is a **historic** moment.
這是個歷史性的一刻。

hive [ˈhaɪv] 名 蜂巢, 熱鬧

A group of bees are hovering around their **hive**.
一群蜜蜂在牠們的蜂巢周圍盤旋。

holder [ˈhoʊldɚ] 名 持有者

註：hold (v) 持有

Only ticket **holders** are allowed to enter the concert.
只有票券持有者能夠進入這場演唱會。

hollow [ˈhɑːloʊ] 形 中空的 名 小洞穴

字源：hole (n) 洞

Some mice are playing inside a **hollow** trunk.
一些老鼠在一個空心的樹幹中玩耍。

143

中階英語單字 (H4)

holy [ˈhoʊli] 形 神聖的

We are reading the **Holy Bible**.
我們正在讀聖經。

同義字：sacred

基礎衍生字彙 →

homeland	名 家園, 祖國	household	名 一戶
hometown	名 家鄉, 故鄉	housework	名 家務
homesick	形 思鄉的	housekeeper	名 管家

honesty [ˈɑːnəsti] 名 誠心, 老實
註：honest (a) 誠心的

He's been praised for his **honesty**.
他因為誠實而受到讚揚。

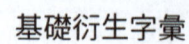

基礎衍生字彙 → **honeymoon** 名 蜜月

honor [ˈɑːnɚ] 名 榮譽

It's a great **honor** to receive this award.
收到這份獎項真是無比榮耀。

hook [ˈhʊk] 名 鉤子 動 鉤住, 組裝

A fish went off the **hook** and swam away.
一隻魚掙脫魚鉤並且游走了。

基礎衍生字彙 → **hopeful** 形 有希望的

144

單字遊戲

horizon [həˈraɪzən] 形 地平線

The Sun slowly disappeared into the horizon.
太陽漸漸消失於地平線。

horn [ˈhɔːrn] 名 號角, 喇叭

The angry driver pressed his horn.
這位生氣的司機按了一下他的喇叭。

horror [ˈhɔːrɚ] 名 恐佈, 驚悚
horrible [ˈhɔːrəbəl] 形 恐怖的
horrify [ˈhɔːrəˌfaɪ] 動 使~恐懼

Do you like horror movies?
你喜歡恐怖片嗎？

hose [hoʊz] 名 水管, 軟管

We can use the garden hose to water the plants.
我們可以用花園的水管來澆花。

基礎衍生字彙 ⇒ **hourly** 形 每小時的

hug [ˈhʌg] 動 名 擁抱

Mom, can I ask for a hug?
媽媽，我可以要一個抱抱嗎？

145

中階英語單字 (H5)

hum [ˈhʌm] 動 名 哼唱

She's been **humming** for the whole day.
她已經哼歌哼了一整天了。

humanity [hjuːˈmænəti] 名 人性, 人道
humankind [ˌhjuːmənˈkaɪnd] 名 人類

註：human (n) 人

God created **humankind** in his own image.
上帝用他的樣貌創造了人類。

humid [ˈhjuːmɪd] 形 潮濕的
humidity [hjuːˈmɪdəti] 名 潮濕, 濕度

The climate is cold and **humid** here. I hate it.
這裡氣候又冷又潮濕。我討厭這種氣候。

同義字：moisture

humor [ˈhjuːmɚ] 名 幽默
humorous [ˈhjuːmərəs] 形 幽默的

He is funny and **humorous**.
他風趣又幽默。

hunger [ˈhʌŋgɚ] 名 饑餓

註：hungry (a) 飢餓的

How do I stop my **hunger**? I'm so hungry.
要怎樣才能阻止飢餓感呢？我好餓喔。

單字遊戲

hurricane [ˈhɜːrəˌkɛn] 名 颶風

Typhoons and **hurricanes** are basically the same.
颱風與颶風基本上是一樣的。

同義字：typhoon, cyclone

hush [ˈhʌʃ] 動 噓, 別出聲

Hush! My dog just fell asleep.
噓！我的狗狗剛剛睡著了。

hut [ˈhʌt] 名 小屋, 臨時營房

There is a **hut** in the midst of the forest.
這座森林裡有一間小屋。

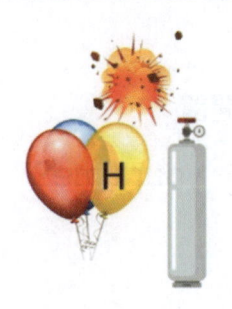

hydrogen [ˈhaɪdrədʒən] 名 氫氣

Hydrogen balloons can be explosive.
氫氣球可能會爆炸。

中階英語單字 (I1)

icy [ˈaɪsi] 形 冰冷的

註：ice (n) 冰塊

The weather today is **icy cold**.
今天的天氣好冰冷。

---

identify [aɪˈdɛntəˌfaɪ] 動 認出, 識別
identical [aɪˈdɛntɪkəl] 形 一樣的
identification (=ID) [aɪˌdɛntəfəˈkeɪʃn] 名 身分, 識別證

The twin brothers look almost **identical**.
這兩位雙胞胎兄弟看起來幾乎一模一樣。

---

idiom [ˈɪdiəm] 名 典語, 慣用語

"Jump the gun" is a common **idiom**.
「偷跑」是一個常見的典語。

---

idle [ˈaɪdəl] 形 閒置的 動 發懶, 閒置

Are you just going to **idle away** your time?
你要一直浪費你的時間嗎？

註：lazy 懶散的

---

idol [ˈaɪdəl] 名 偶像

He is my **idol**. And I think everyone likes him too!
他是我的偶像。而且我認為大家都喜歡他。

似：icon 形象

單字遊戲

ignorance [ˈɪgnərəns] 名 無知, 忽視
ignorant [ˈɪgnərənt] 形 無知的, 忽視的

註：ignore (v) 忽視

This kid is arrogant and **ignorant**.
這個小孩傲慢且無知。

---

illustrate [ˈɪləˌstret] 動 插畫, 說明
illustration [ˌɪləˈstreɪʃən] 名 插畫, 說明

This book has a lot of **illustrations**.
這本書有很多的插畫。

---

imaginary [ɪˈmædʒəˌnɛri] 形 想像的
imagination [ɪˌmædʒəˈneɪʃən] 名 想像
imaginative [ɪˈmædʒənətɪv] 形 想像力的

Use your **imagination** to create a story.
使用你的想像力來創造一篇故事。

---

imitate [ˈɪməˌtet] 動 模仿
imitation [ˌɪməˈteɪʃən] 名 模仿

同義字：mimic

My Dog likes to **imitate** me when I exercise.
我運動的時候，我的狗狗喜歡模仿我。

---

immediate [ɪˈmiːdɪət] 形 即刻的

I'll do it **immediately**!
我立刻就做。

149

中階英語單字 (I2)

immigrate [ˈɪməˌgrɛt] 動 移民, 遷入
immigrant [ˈɪməgrənt] 名 移民者, 僑民
immigration [ˌɪməˈgreɪʃən] 名 移民, 遷入

My family **immigrated** to the USA for a new life.
我的家庭移居美國來追求一個新生活。

---

impact [ˌɪmˈpækt] 名 動 衝擊, 影響

Covid-19 has a strong **impact** on the global economy.
新冠病毒在國際經濟上造成很大的衝擊。

---

imply [ˌɪmˈplaɪ] 動 暗示, 含意

He is trying to **imply** something.
他試著暗示些什麼。

---

import [ˌɪmˈpɔːrt] 動 名 進口
字源：im- (進入) + port 港口

Our country relies on heavy **imports**.
我們國家高度仰賴進口。

---

impose [ɪmˈpoʊz] 動 展現氣勢, 施加, 徵稅
字源：im- (進入) + pose 姿態

The country **imposes** a heavy tax on cigarettes.
這個國家對菸徵課重稅。

150

單字遊戲

impress [ˌɪmˈprɛs] 動 給~印象
impression [ˌɪmˈprɛʃən] 名 印象
incredible [ˌɪnˈkrɛdəbəl] 形 難以置信的, 驚人的

Wow! You speak six languages? I'm **impressed**.
哇！你說六國語言？真讓我印象深刻。

incident [ˈɪnsɪdənt] 名 事件

Some **incident** happened this morning.
今天早上發生了一些事件。

似：accident 意外事件

---

indication [ˌɪndəˈkeɪʃən] 名 指出, 表現, 暗示
註：indicate (v) 點出, 指出

His message shows a clear **indication** of a problem.
他的訊息明確地點出一個問題。

industrial [ˌɪnˈdʌstriəl] 形 工業的, 產業的
註：industry (n) 工業, 行業

The **industrial** revolution has changed the way people live. 工業革命已經改變了人們生活的方式。

infant [ˈɪnfənt] 形 名 嬰幼兒 (0-1 歲)

Most people don't have **infant memories**.
大多數的人沒有幼兒的記憶。

中階英語單字 (I3)

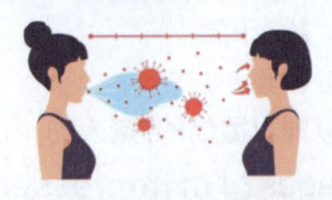

infection [ɪnˈfɛkʃən] 名 傳染, 感染

註：infect (v) 傳染

Strict hygiene will limit the risk of **infection**.
嚴格的衛生習慣能抑制感染風險。

似：contagious 接觸傳染的

inferior [ɪnˈfɪrɪɚ] 形 次等的, 弱勢的

They are considered as a socially **inferior group**.
他們被認為是社會上弱勢族群。

inflation [ɪnˈfleɪʃən] 名 通貨膨脹

Inflation will be the biggest challenge this year.
通膨膨脹會是今年的一項重大挑戰。

influential [ˌɪnfluˈɛntʃəl] 形 有影響的

註：influence (v) 影響   註：influencer (n) 有影響力者, 網紅

An influencer is **influential** with his or her speech.
網紅的言語是具有影響力的。

inform [ɪnˈfɔːrm] 動 通知, 告知
information [ˌɪnfɔrˈmeɪʃən] 名 資訊
informative [ɪnˈfɔːrmətɪv] 形 充滿資訊的

Where is the **information counter**?
資訊櫃台在哪裡呢?

152

單字遊戲

ingredient [ɪŋˈgriːdiənt] 名 成份, 要素, 食材

This recipe requires some **ingredients**.
這份食譜需要一些食材。

---

initial [ɪˈnɪʃəl] 名 首字簽名 形 最初的

Can I have your **initials** here please?
我可以麻煩你在這裡簽名嗎？

---

injure [ˈɪndʒɚ] 動 傷害, 損傷
injury [ˈɪndʒəri] 名 重大傷害

John is **heavily injured** in a car accident.
John 在這場車禍中重傷

---

inn [ˈɪn] 名 小旅館, 客棧

This **inn** is neat and clean.
這間客棧整潔且乾淨。

同義字：hostel 青年旅社

---

innocent [ˈɪnəsənt] 形 無罪的, 天真的
innocence [ˈɪnəsəns] 名 無罪, 天真

Apparently, he is playing **innocent**.
很明顯，他在裝無辜。

中階英語單字 (I4)

insert [ˌɪnˈsɜːt] 動 插入

Please **insert** your card.
請插入卡片。

---

inspect [ˌɪnˈspɛkt] 動 檢查, 審查
inspection [ˌɪnˈspɛkʃən] 名 檢查, 審查
inspector [ˌɪnˈspɛktɚ] 名 檢查員, 視察員

I need to **inspect** these documents.
我需要審查這些文件。

---

inspire [ˌɪnˈspaɪr] 動 激起

註：inspiration (n) 靈感

Music can **inspire** people.
音樂可以激發人們。

---

install [ˌɪnˈstɒl] 名 安裝, 設置

Do you know how to **install** these apps?
你知道如何安裝這些應用程式嗎？

---

instinct [ˈɪnstɪŋkt] 名 本能, 天性, 直覺

Cats have a natural **instinct** to hunt.
貓有捕獵的本能。

單字遊戲

instruct [ˌɪnˈstrʌkt] 動 指示
instructor [ˌɪnˈstrʌktɚ] 名 教練, 指導者

Please follow your **instructor**.
請跟著你的指導者做。

insult [ˌɪnˈsʌlt] 動名 侮辱, 羞辱

Your words are **insulting**.
你的用詞很侮辱人。

註：assault 攻擊, 侮辱

insurance [ˌɪnˈʃʊrəns] 名 保險, 保險契約

註：insure (v) 投保

Do you have **medical insurance**?
你有醫療保險嗎?

註：ensure 確保

intelligent [ˌɪnˈtɛlədʒənt] 形 聰明的
intelligence [ˌɪnˈtɛlədʒəns] 名 智能
intellectual [ˌɪntəˈlɛktʃuːəl] 形 智力的 名 知識分子

Artificial intelligence poses a risk of human extinction.
人工智能威脅著人類存亡。

intend [ˌɪnˈtɛnd] 動 打算, 意圖
intention [ˌɪnˈtɛntʃən] 名 打算, 意圖

字源：in- (進入) + tend 傾向

What do you **intend** to do?
你打算做什麼？

155

中階英語單字 (I5)

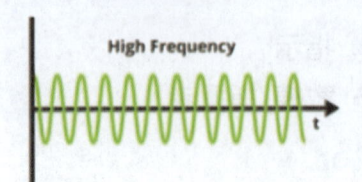

intense [ˌɪnˈtɛns] 形 密集的
intensive [ˌɪnˈtɛnsɪv] 形 密集性的
intensity [ˌɪnˈtɛnsəti] 名 密集性

Our team is going to receive **intense training**.
我們團隊即將接受密集的訓練。

---

interact [ˌɪntəˈrækt] 動 互動
interaction [ˌɪntəˈrækʃən] 名 互動

註：inter- (之間) + act 動作

My sister and I have great **interactions**.
我的妹妹跟我有很棒的互動。

---

interfere [ˌɪntəˈfɪr] 動 介入, 干涉

You don't have to **interfere** in their business.
你不需要去干涉他們的事情。

---

intermediate [ˌɪntəˈmiːdiət] 形 中等程度的, 中級的

My English is moving to the **intermediate** level.
我的英文正在往中級程度移動。

---

interpret [ˌɪnˈtɝːprɪt] 動 解讀, 口譯

註：interpreter 口譯員

I want to work as an **interpreter**.
我要擔任口譯員。

單字遊戲

interrupt [ˌɪntəˈrʌpt] 動 打斷
interruption [ˌɪntəˈrʌpʃən] 名 中止, 干擾

Sorry to **interrupt** your talk.
很抱歉打斷你們的談話。

同義字：disrupt 中斷

intimate [ˈɪntɪmeɪt] 形 親密的 名 摯友

They have an **intimate relationship**.
他們有著親密的關係。

intuition [ˌɪntuːˈɪʃən] 名 直覺

I want to trust my **intuition** this time.
這次我要相信我的直覺。

invade [ˌɪnˈveɪd] 動 入侵, 侵略
invasion [ˌɪnˈveɪʒən] 名 入侵, 侵略

Do you think the aliens might **invade** the earth?
你認為外星人有一天會入侵地球嗎？

invent [ˌɪnˈvɛnt] 動 發明
invention [ˌɪnˈvɛnʃən] 名 發明
inventor [ˌɪnˈvɛntə] 名 發明家

The time machine will be **invented** one day.
時光機有一天會被發明出來的。

中階英語單字 (I6)

invest [ɪnˈvɛst] 動 投資
investment 名 投資

Do you know anything about **investment**?
你對投資有任何的認知嗎？

investigate [ɪnˈvɛstɪˌɡet] 動 調查,研究
investigation [ɪnˌvɛstəˈɡeɪʃən] 名 調查,研究

The detective is going on an **investigation**.
這位警探正在進行一項調查。

invitation [ˌɪnvaɪˈteɪʃən] 名 邀請

註：invite (v) 邀請

We accepted his **invitation**.
我們接受了他的邀請。

involve [ˌɪnˈvɑːlv] 動 涉及,牽涉
involvement 名 涉及,牽涉

They are all **involved** in this robbery.
他們全部都涉及這起強盜案件。

isolate [ˈaɪsəˌleɪt] 動 孤立,隔離
isolation [ˌaɪsəˈleɪʃən] 名 孤立,隔離

I don't know why but I feel **isolated** at work.
我不知道為什麼，但是我感覺工作上被孤立了。

單字遊戲

issue [ˈɪʃuː] 動 發行 名 議題

同義字：publish, release

Newspapers are usually **issued** daily or weekly.
報紙通常每天或每週<u>發行</u>一次。

ivory [ˈaɪvəri] 名 象牙(物品)

註：tusk (n) 獠牙, 象牙(未取下)

Ivory trade has been banned since 1989.
<u>象牙</u>的貿易自從 1989 年起已經受到禁止了。

基礎衍生字彙 →
indoor 形 室內的
indoors 副 在室內
inner 形 內部的
input 動 (資料)輸入

159

中階英語單字 (JK1)

jail [ˈdʒeɪl] 名 監獄

He's been caught and put in jail.
他已經被抓到放入監獄。

註：prison 囚禁

---

jar [ˈdʒɑːr] 名 廣口瓶

Jars are ideal to store cookies and dry food.
廣口瓶很適合用來存放餅乾以及乾糧。

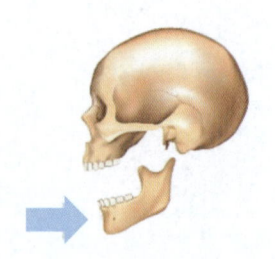

---

jaw [ˈdʒɒ] 名 下顎

She laughed so hard and her jaw dropped.
她笑的太大力，下顎脫臼了。

---

jazz [ˈdʒæz] 名 爵士樂

Jazz was popular in 1920s.
爵士樂於 1920 年代間廣受歡迎。

---

jealous [ˈdʒɛləs] 形 嫉妒的
jealousy [ˈdʒɛləsi] 名 嫉妒

I am jealous of your life.
我好忌妒你的生活。

註：envious 羨慕的

160

單字遊戲

jeep [ˈdʒiːp] 名 吉普車

Jeeps are perfect vehicles for a rocky road.
吉普車是駕駛在艱困的道路上最好的交通工具。

jelly [ˈdʒɛli] 名 果凍

Would you like to try homemade **jelly**?
要不要試試自製的果凍呢？

jet [ˈdʒɛt] 名 噴射機

A **jet** plane sheared the blue sky.
一輛噴射機從藍空中掠過。

jewel [ˈdʒuːəl] 名 珠寶
jewelry [ˈdʒuːəlri] 名 珠寶 (總稱)

These **jewels** should go into the jewelry box.
這些珠寶應該進入珠寶箱裡。

journey [ˈdʒɝːni] 名 旅途

註：journal (n) 新聞紀錄

This **journey** will take about one hour from here.
這趟旅途從這裡出發大約要花上一個鐘頭。

中階英語單字 (JK2)

joyful [ˌdʒɔɪfəl] 形 充滿喜悅的

註：joy (n) 喜悅

I'm a **joyful** person. My life is full of joy.
我是個充滿喜悅的人。我的生活充滿喜悅。

juicy [ˈdʒuːsi] 形 多汁的

註：juice (n) 果汁

This orange is really **juicy**.
這顆柳橙真的好多汁。

jungle [ˈdʒʌŋgəl] 名 叢林

A **jungle** is a dense forest with tangled vegetation.
叢林是一座植株稠密的森林。

junior [ˈdʒuːnjɚ] 名 低年級的

註：senior 高年級的

I am a **junior high school** student.
我是一名國中生。

junk [ˈdʒəŋk] 名 廢棄物

Your house is full of **junk**!
你的房子充滿了廢棄物。

單字遊戲

kangaroo [ˌkæŋgəˈruː] 名 袋鼠

A **kangaroo** stole my ice cream! I can't believe it!
一隻袋鼠偷走了我的冰淇淋！真是難以相信！

keen [ˈkiːn] 形 熱心的, 渴望的

註：be keen to 充滿熱情、熱衷於~

She's a keen student. She **is keen to** learn.
她是一位熱情的學生。她很熱衷於學習。

同義字：earnest

kettle [ˈkɛtəl] 名 水壺

Hey! Your water is ready. The **kettle** is whistling!
嘿！你的水好了。水壺在叫了！

keyboard [ˈkiːˌbɔːrd] 名 鍵盤

My **keyboard** doesn't have a number pad.
我的鍵盤上沒有數字鍵盤。

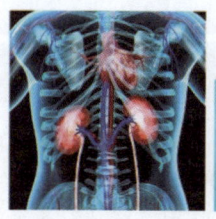

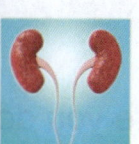

kidney [ˈkɪdni] 名 腎臟

Our **kidney** removes excess fluid from the body.
我們的腎臟會將過多的液體排出身體。

中階英語單字 (JK3)

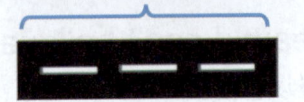

kilometer [kəˈlɑːmɪtɚ] 名 公里
字源：kilo- (千) + meter 公尺

One **kilometer** is equivalent to 1000 meters.
一公里等於一千公尺。

1 km = 1000 m

kindergarten [ˈkɪndɚˌgɑːrtən] 名 幼稚園
字源：kinder (小孩) + garden 花園

My kids are going to **kindergarten** next year.
我的小孩明年要上幼稚園。

kingdom [ˈkɪŋdəm] 名 王國, 帝國
字源：king 國王 + domain 領土

Welcome to my **kingdom**.
歡迎來到我的國度。

kit [ˈkɪt] 名 套裝工具, 工具箱

I need a basic **tool kit** for home repairs.
我需要一個基本配備的工具箱來進行居家修繕。

kneel [ˈniːl] 動 跪下
註：knee (n) 膝蓋

Don't **kneel down**! What are you doing?
不要下跪！你在幹嗎？

單字遊戲

knight [ˈnaɪt] 名 騎士, 護衛者

The knight will defeat the dragon and save the princess.
這名騎士將會戰勝惡龍並救回公主。

---

knit [ˈnɪt] 動 編織
knot [ˈnɑːt] 名 結, 死結

She is knitting a scarf.
她正在編織一件圍巾。

同義字：weave

---

knob [ˈnɑːb] 名 門把

She turned the knob and pushed the door open.
她轉開門把並將門推開。

---

koala [koʊˈɑːlə] 名 無尾熊

Eucalyptus leaves are the main source of a koala's diet.
尤加利葉是無尾熊的飲食中的主要來源。

中階英語單字 (L1)

label [ˈleɪbəl] 動 名 (貼)標籤、貼紙

The **label** helps customers recognize our products.
標籤幫助顧客辨識出我們的產品。

labor [ˈleɪbər] 名 勞工, (生產)陣痛

I'm sorry but you have to work on **Labor Day**.
很抱歉，但是勞動節你們必須上班。

laboratory [ˈlæbrəˌtɔːri] 名 實驗室, 研究室
(簡：lab)

Sam is doing some experiment at the **laboratory**.
Sam 正在實驗室裡做實驗。

註：experiment 實驗

---

lace [ˈleɪs] 名 蕾絲, 鞋帶

Joe bent down to tie his **shoelace**.
Joe 彎下腰來綁他的鞋帶。

ladder [ˈlædɚ] 名 梯子

Can you bring me a **ladder** please?
你可以幫我帶一個梯子過來嗎？

166

單字遊戲

lag [ˈlæɡ] 動 名 滯留, 卡住

The video is **lagging** badly.
這部影片很卡。

基礎衍生字彙 → **landmark** 名 地標 **landscape** 名 風景, 景色

基礎衍生字彙 → **largely** 副 大部分

基礎衍生字彙 → **lately** 副 近來, 最近

laughter [ˈlæftɚ] 名 笑聲

註：laugh (v) 大笑

I heard a loud **laughter** in the room.
我聽見房間內有很大的笑聲。

---

launch [ˈlɒntʃ] 動 名 發射, 推出

The country is going to **launch** another rocket.
這個國家即將要發射另一枚火箭。

---

laundry [ˈlɒndri] 名 洗衣店, 換洗衣物

I need to do my **laundry** today.
我今天需要洗一下我的衣物。

基礎衍生字彙 → **lawful** [ˈlɒfəl] 形 合法的

中階英語單字 (L2)

lawn [ˈlɒn] 名 草坪,草地

This is a private **lawn**. Do not walk your dog here.
這是私人草地。請不要在此遛狗。

---

leak [ˈliːk] 動 名 洩漏, 漏水

The pipe is **leaking**!
水管正在漏水！

---

lean [ˈliːn] 形 瘦的 動 倚靠

Hey, don't **lean** against the wall. It's dirty!
嘿，不要倚靠牆壁。牆壁很髒！

---

leap [ˈliːp] 動 名 大跳躍

We made a **major leap**!
我們做了一個大躍進（前進了一大步）。

同義字：jump 跳躍

基礎衍生字彙 ➜ **learned** [ˈlɜːnd] 形 有經驗的, 博學的

leather [ˈlɛðɚ] 名 皮革

This bag is made of **artificial leather**.
這個包包由人工皮革製成。

單字遊戲

lecture [ˈlɛktʃɚ] 名 課程, 授課
lecturer [ˈlɛktʃərɚ] 名 講師

The teacher is giving us a **lecture** on English Syntax.
老師要教授我們英語語法課程。

同義字：lesson 一堂課

legend [ˈlɛdʒənd] 名 傳說

"The **Legend** of the Lamp" is an Arabic folk tale.
神燈的傳說是一個阿拉伯的民間故事。

leisure [ˈlɛʒɚ] 名 閒暇
leisurely [ˈlɛʒɚlɪ] 形 副 緩慢悠閒的

What do you do in your **leisure time**?
你閒暇時候都做些什麼？

lemonade [ˌlɛməˈneɪd] 名 檸檬水

註：lemon (n) 檸檬

Would you like some **lemonade**?
要不要來點檸檬水？

基礎衍生字彙 → **lengthen** [ˈlɛŋθən] 動 加長, 延長

length (長度)

leopard [ˈlɛpɚd] 名 美洲豹

A **leopard** never changes its spot.
美洲豹不可能改變牠身上的紋路（江山易改本性難移）。

169

中階英語單字 (L3)

lettuce [ˈlɛtəs] 名 羅蔓, 美生菜

Lettuce and spinach are perfect for salad.
萵苣跟菠菜很適合做沙拉。

liar [ˈlaɪɚ] 名 說謊的人
註：lie (v) 撒謊

You are such a **liar**!
你真是個騙子！

liberty [ˈlɪbɚti] 名 自由

The Statue of **Liberty** is a symbol of democracy.
自由女神像是民主的象徵。

librarian [laɪˈbrɛriən] 名 圖書館員
註：library (n) 圖書館

The **librarian** helped me find the book I need.
這位圖書館員幫助我找到我需要的書。

license [ˈlaɪsəns] 名 動 執照

You need a driver's **license** to drive a car.
你需要駕駛執照才能開車。

同義字：permit 許可證

單字遊戲

lick [ˈlɪk] 動 舔

Stop licking the lollipop! It looks gross!
不要再舔棒棒糖了！看起來好噁心！

基礎衍生字彙 → **lifeguard** 名 救生員　**lifetime** 名 一生, 終身 
基礎衍生字彙 → **lightning** 名 閃電　**lighthouse** 名 燈塔

lily [ˈlɪli] 名 百合花

Lily represents purity and fertility.
百合花代表純潔與生命力。

limb [ˈlɪm] 名 四肢

Legs are also known as the lower limbs.
腿部又叫做下肢。

limitation [ˌlɪmɪˈteɪʃən] 名 限制

註：limit (n) 極限

Everyone should know their limits and limitations.
每個人都應當知道自己的極限與限制。

同義字：extreme 極限(的)

linen [ˈlɪnən] 名 亞麻布, 床單

I need to change the bed linen.
我需要更換床單。

中階英語單字 (L4)

lipstick [ˈlɪpˌstɪk]　名 口紅
字源：lip 嘴唇 + stick 竿子

I like the color of your **lipstick**.
我喜歡你這隻口紅的顏色。

liquor [ˈlɪkɚ]　名 烈酒

He drinks beer and wine, but no **liquor**.
他喝啤酒與葡萄酒，但不喝烈酒。

literary [ˈlɪtəˌrɛri]　形 文學的, 文藝的
literature [ˈlɪtərətʃɚ]　名 文學, 文學作品
註：literal (a) 字面上的, 真實的

I like all **literary** artworks.
我喜歡各種文學作品。

litter [ˈlɪtɚ]　動 亂丟　名 丟棄物

Don't **litter**! You are terrible!
別亂丟垃圾！你很糟糕耶！

基礎衍生字彙 ➡ **lively** [ˈlaɪvlɪ]　形 活生生的, 活潑的

---

loaf [loʊf]　量 條

Can you get **a loaf of** bread on your way home?
可以請你回家的路上順便買一條麵包嗎？

172

單字遊戲

loan [ˈloʊn] 形 貸款

I got a **loan** from the bank.
我從銀行貸到了一筆貸款。

lobby [ˈlɑːbi] 名 大廳, 門廊

Let's meet in the **lobby**.
我們大廳見。

lobster [ˈlɑːbstɚ] 名 龍蝦

Lobster tastes great but I'm allergic to it.
龍蝦很好吃，可惜我對它過敏。

locate [loʊˈkeɪt] 動 定位, 位於
location [loʊˈkeɪʃən] 名 位置

My house is **located** in the center of the city.
我的房子位於這座城市的中心。

lock [ˈlɑːk] 動 名 鎖

You should put a **lock** on your locker.
你應該將你的置物櫃上鎖。

中階英語單字 (L5)

log [lɔːg] 動 伐木 名 木柴, 日誌

My house is built with **logs**.
我的家是用圓木蓋的。

lollipop [ˈlɑːliˌpɑːp] 名 棒棒糖

---

logic [ˈlɑːdʒɪk] 名 邏輯, 邏輯學
logical [ˈlɑːdʒɪkəl] 形 合邏輯的

Your idea sounds more **logical**.
你的想法似乎比較具有邏輯。

註：reason (v) 推理

---

loose [ˈluːs] 形 鬆的
loosen [ˈluːsən] 動 鬆開

My jeans become too **loose** for me.
我的牛仔褲變得太鬆了。

lord [ˈlɔːrd] 名 主人, (大寫)上帝

Lord, please help me!
主阿，請幫幫我！

loser [ˈluːzɚ] 名 輸家

註：lose (v) 輸掉

You are such a **loser**.
你真是個輸家。

單字遊戲

lousy [ˈlaʊzi] 形 糟糕的, 爛透的
註：louse (n) 蝨子

I hate my **lousy** neighbor upstairs.
我討厭樓上那位糟糕的鄰居。

loyal [ˈlɔɪəl] 形 忠誠的, 忠心的
loyalty [ˈlɔɪəlti] 名 忠誠, 忠心

Dogs are very **loyal** to humans.
狗狗對人類很忠誠。

luggage [ˈlʌgɪdʒ] 名 行李
註：lug (v) 拉

Where's your **luggage**?
你的行李在哪裡？

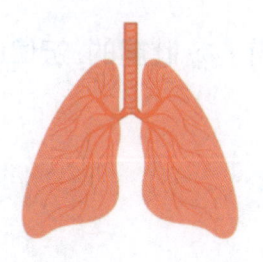

lung [ˈlʌŋ] 名 肺

Healthy **lungs** help you breathe well.
健康的肺部幫助你呼吸順暢。

luxury [ˈlʌgʒəri] 名 奢侈, 奢華
luxurious [lʌgˈʒɜːriəs] 形 吵人的, 糟糕的

He is living a **luxurious** life.
他正過著奢華的生活。

中階英語單字 (M1)

machinery [mɪˈʃiːnəri] 名 機械 (機器的總稱)
mechanic [məˈkænɪk] 形 機械的 名 技師
mechanical 形 機械的

The **mechanic** soon fixed the machine.
這名技師很快地把機器修好了。

---

magical [ˈmædʒɪkəl] 形 魔術的, 魔法的
magician [məˈdʒɪʃən] 名 魔術師

The **magician** performed a great trick.
這位魔術師表演了一個很棒的魔術。

---

magnet [ˈmægnət] 名 磁鐵, 磁石
magnetic [mægˈnɛtɪk] 形 磁鐵的, 磁性的

All **magnets** have north and south poles.
所有的磁鐵都具有南北極。

---

magnificent [mægˈnɪfəsənt] 動 壯麗的, 宏偉的

註：magnify (v) 放大

The view here is **magnificent**.
這裡的景色真是壯觀。

---

maid [ˈmeɪd] 名 女僕, 少女

註：madam (n) 夫人

She hired a **maid** for housekeeping.
她雇用了一位女僕來看家。

176

單字遊戲

majority [məˈdʒɔːrəti] 名 過半數, 大多數
註：major (a) 多數的

They make decisions by **majority** rule.
他們以多數人原則（少數服從多數）來作決定。

---

makeup [ˈmeɪkʌp] 名 化妝品, 修補
字源：make 弄 + up 起來

同義字：cosmetics 彩妝品

I started wearing **makeup** when I was thirteen.
我 13 歲的時候就開始化妝。

---

mall [ˈmɒl] 名 購物中心

There is a new **shopping mall** around here.
這裡附近有一家新的購物中心。

---

mankind [ˈmænˈkaɪnd] 名 人類
註：man 人 + kind 種類

Mankind will colonize Mars one day.
人類有一天會殖民火星。

---

manual [ˈmænjuːəl] 形 手動的 名 操作手冊
manufacture 動 製造, 加工
manufacturer 名 製造業者

Read the **manual** before you use this machine.
使用這部機器前請先閱讀操作手冊。

中階英語單字 (M2)

marathon [ˈmɛrəˌθɑːn] 名 馬拉松

I'm pretty good at running a **marathon**.
我很擅長跑馬拉松。

marble [ˈmɑːrbəl] 名 大理石

Marble floors are beautiful and elegant.
大理石地板漂亮又優雅。

march [ˈmɑːrtʃ] 動 行軍

The army is **marching** in front of the palace.
軍隊正在宮殿前面行軍。

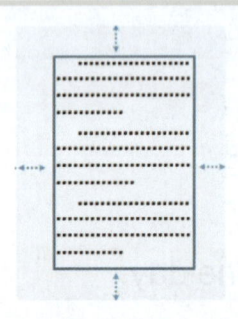

margin [ˈmɑːrdʒən] 名 邊緣, 利潤

Always leave some **margins** when you write.
書寫的時候要留些空白邊。

marker [ˈmɑːrkɚ] 名 馬克筆

註：mark (v) 標記

marvelous [ˈmɑːrvələs] 形 了不起的, 令人驚訝的

註：marvel (v) 驚奇

Well done! You are **marvelous**!
做得好！你真是了不起！

單字遊戲

mathematical [ˌmæθəˈmætɪkəl] 形 數學的

註：math = mathematics (n) 數學

I enjoy solving **mathematical** problems.
我很享受解開數學題目。

---

maturity [məˈtʃʊrəti] 名 成熟

註：mature (v) 成熟

Human beings reach **maturity** at the age of 18.
人類在 18 歲時達到成熟階段。

---

maximum [ˈmæksɪmʌm] 名 最大值
minimum [ˈmɪnəmʌm] 名 最小值

Try to make **maximum** use of your time.
試著將你的時間做出最大的運用。

---

mayor [ˈmeɪɚ] 名 市長

字源：major (a) 主要的

Alex is running for the **mayor** of Paris.
Alex 正在競選巴黎市長。

---

meadow [ˈmeˌdoʊ] 名 草地, 牧草地

Two cows are browsing in the **meadow**.
兩隻牛在牧原裡吃草。

基礎衍生字彙 →
meaningful [ˈmiːnɪŋfəl] 形 有意義的
meanwhile [ˈmiːˌnwaɪl] 副 其間, 同時

179

中階英語單字 (M3)

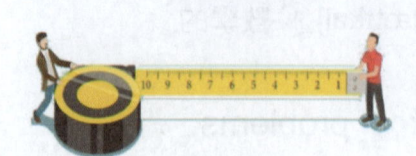

measure [ˈmɛʒər]   動 測量 名 措施
measurable [ˈmɛʒərəbəl] 形 可測量的

We need to take measures to solve the problem.
我們需要採取措施來解決問題。

參照 machinery → **mechanical** [məˈkænɪkəl] 形 機械的

medal [ˈmedəl] 名 獎章
註：metal (n) 金屬

She won a fourth gold medal in the Olympics!
她在奧林匹克賽中贏得了第四面金牌。

media [ˈmiːdiə] 名 媒介物, 新聞媒介
註：(單數) medium

Social media are getting more and more popular.
社群媒體越來越備受歡迎。

melon [ˈmɛlən] 名 香瓜, 密瓜

I like melons because they taste sweet and juicy.
我喜歡香瓜，因為它們嘗起來又甜又多汁。

melt [ˈmɛlt] 動 融化, 熔化

Your ice cream is melting.
你的冰淇淋正在融化中。

單字遊戲

memorize [ˈmɛməˌraɪz] 動 記住
memorial [məˈmɔːriəl] 形 紀念的 名 紀念碑
memorable [ˈmɛmərəbəl] 形 值得懷念的

Childhood is the most **memorable time** in my life.
童年是我的生命中最令人懷念的時期。

註：memory 回憶

---

mend [ˈmɛnd] 動 修理, 修補

I hope it's not too late to **mend fences** now
希望現在修補情誼不算太晚。

同義字：amend, repair, fix

註：mend fences (修補籬笆) 指『修補情誼』之意。

mental [ˈmɛntəl] 形 精神的, 心智的

註：mind (n) 心智

It's important to build up strong **mental health**.
發展強健的心智健康是很重要的。

merchant [ˈmɝːtʃənt] 名 商人

He is a **merchant** on the make.
他是一位追求名利的商人。

註：on the make 追求名利

mercy [ˈmɝːsi] 名 慈悲, 憐憫

Please show some **mercy** on me.
請表現慈悲可憐可憐我。

中階英語單字 (M4)

mere [ˈmɪr] 形 僅僅的, 些微的
merely [ˈmɪrlɪ] 副 僅僅, 只不過

同義字：only, just, slightly

This costs me a **mere** 10 dollars.
這個花了我不過一丁點的 10 元而已。

---

merit [ˈmɛrɪt] 名 嘉獎
merry [ˈmɛri] 形 愉快的 (Merry Christmas)

He received a **merit** for his outstanding job.
他因傑出的工作表現而得到了一個嘉獎。

---

mess [ˈmɛs] 動 弄亂 名 混亂
messy [ˈmɛsi] 形 凌亂的

Oh my god! Your room is really **messy**.
我的天啊！你的房間也太凌亂了吧！

---

messenger 名 即時通訊軟體   註：message (n) 訊息

---

microphone [ˈmaɪkrəfoʊn] 名 麥克風 (= mike)
microscope [ˈmaɪkrəskoʊp] 名 顯微鏡
microwave [ˈmaɪkrəweɪv] 名 微波爐

註：micro- (微型的)

---

mighty [ˈmaɪti] 形 強大的, 有力的

註：might (n) 力量

Tom thinks he has some **mighty power**.
Tom 認為他有強大的力量。

單字遊戲

mild [ˈmaɪld] 形 溫和的, 溫柔的

I love the **mild** weather in spring.
我喜歡春天的溫和氣候。

---

mill [ˈmɪl] 名 磨坊

There is a **mill** in the farm.
這農場裡有一個磨坊。

---

millionaire [ˌmɪljəˈnɛr] 名 百萬富翁

註：million (n) 百萬

He won the lottery and became a **millionaire**.
他贏樂透而成為了百萬富翁。

---

miner [ˈmaɪnɚ] 名 礦工
mineral [ˈmɪnərəl] 形 礦物的 名 礦物質

註：mine (n) 礦產

His job is a **coal miner**.
他的工作是一位煤礦工。

---

minister [ˈmɪnəstɚ] 名 部長, 大臣
ministry [ˈmɪnəstri] 名 (政府)部門

註：mini (小) + ster (人物)

The **ministers** are having a meeting with the king.
大臣們正在與國王開會。

參照 maximum ➡ **minimum** [ˈmɪnəməm] 名 最小值

183

中階英語單字 (M5)

minus [ˈmaɪnəs] 動 減少 名 負數

字源：minor (a) 小的

同義字：subtract, reduce, deduct

One **minus** one equals to zero.
1 減 1 等於 0。

miracle [ˈmɪrəkəl] 名 奇蹟

Wow! That was a **miracle**!
哇！這真是個奇蹟！

mischief [ˈmɪstʃəf] 名 頑皮, 胡鬧, 惡作劇

He is the real **mischief** to his family.
他是家裡惹事鬼。

misery [ˈmɪzəri] 名 悲慘
miserable [ˈmɪzərəbəl] 形 悲慘的, 悲哀的

My life is a **misery**.
我的生命真是悲慘。

mislead 動 誤導, 引入歧途
misfortune 名 不幸, 惡運
misunderstand 動 誤會

註：mis- (錯誤的)

His message is **misleading**.
他的訊息很誤導人。

184

單字遊戲

missile [ˈmɪsəl] 名 導彈

The fleet fired a **missile** and hit the target!
這個艦隊發射了一枚導彈並且擊中目標！

基礎衍生字彙 → **missing** [ˈmɪsɪŋ] 形 失蹤的, 缺少的

mission [ˈmɪʃən] 名 任務

註：missionary 傳教士

He is on a **mission**.
他正在執行任務。

mist [ˈmɪst] 名 薄霧

The road is barely visible in the fog and **mist**.
這條路在迷霧中幾乎看不見道路。

mob [ˈmɑːb] 名 暴民

There is an angry **mob** on the street.
街上有一群生氣的暴民。

mobile [ˈmoʊbaɪl] 形 移動式的

註：mobile phone 手機、automobile 汽車

Cell phones are also known as **mobile** phones.
手機又叫做行動電話。

中階英語單字 (M6)

moderate [ˈmɑːdərət] 形 中等的, 適度的
modest [ˈmɑːdəst] 形 謙卑的, 適度的
modesty [ˈmɑːdəsti] 名 謙卑, 適度

He is a **modest** person and never likes to show off.
他是一位謙卑的人，從不喜歡炫耀。

同義字：humble

moist [ˌmɔɪst] 形 濕氣的
moisture [ˈmɔɪstʃə-] 名 濕氣

The amount of **moisture** is called humidity.
濕氣的量叫做濕度。

同義字：humidity

monitor [ˈmɑːnɪtə-] 動 名 監視器, 螢幕

I feel my life has been **monitored**.
我感覺我的生活受到了監視。

monk [ˈmʌŋk] 名 修道士, 僧侶, 和尚

He gave up everything and lives like a **monk**.
他放棄一切，過著像是修道士一般的生活。

monster [ˈmɑːnstə-] 名 怪物

These little **monsters** are actually kind of cute.
這些小怪物其實挺可愛的。

基礎衍生字彙 ➡ **monthly** [ˈmʌnθli] 形 副 每月一次

單字遊戲

monument [ˈmɑːnjuːmɛnt] 名 紀念性建物, 紀念館

Some **monuments** have survived for centuries.
一些<u>紀念性的建物</u>存活了好幾世紀。

---

moral [ˈmɔːrəl] 形 道德的 名 道德

The little kid is developing his **moral understanding**.
這位小孩正在發展<u>道德認知</u>。

同義字：ethics

基礎衍生字彙	→	**moreover** 副 此外, 還有
基礎衍生字彙	→	**mostly** 副 大部分, 通常
基礎衍生字彙	→	**motel** 名 汽車旅館 (mobile 汽車 + hotel 旅館)

---

mosquito [məˈskiːtoʊ] 名 蚊子

A **mosquito** bit me on my arm. 一隻<u>蚊子</u>叮了我的手臂

moth [ˈmɒθ] 名 飛蛾

He was attracted to her like a **moth to a frame**.
他就像是<u>飛蛾撲火</u>一般被她吸引著。

---

motivate [ˈmoʊtɪveɪt] 動 給予動力
motivation [ˌmoʊtɪˈveɪʃən] 名 動機

註：motion (n) 動作 (字源：move)

What is your **motivation** for work?
你工作的<u>動機</u>是什麼？

187

中階英語單字 (M7)

motor [ˈmotɚ] 名 馬達, 引擎

同義字：engine

The **motor** is the most important part in a machine.
馬達是一部機器裡最重要的部分。

基礎衍生字彙 ➡ **mountainous** 形 多山的

muddy [ˈmʌdɪ] 形 泥巴的

註：mud (n) 泥土

The ground becomes **muddy** after a heavy shower.
一陣大雨之後，地面滿是泥巴。

mule [ˈmjuːl] 名 騾 (馬跟驢的後代)

註：donkey (n) 驢子

A **mule** is the offspring of a male donkey and a female horse. 騾是公驢與母馬的後代。

multiply [ˈmʌltɪplaɪ] 動 倍增, 乘以
multiple [ˈmʌltɪpəl] 形 倍增的, 多重的

Multiply one by four, you get four.
4 乘 1．得到 4。

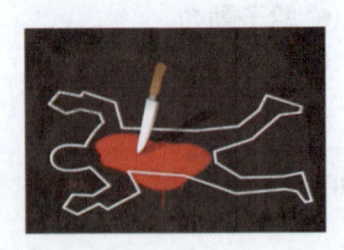

murder [ˈmɜːdɚ] 動 名 謀殺
murderer [ˈmɜːdərer] 名 謀殺犯

A man was **murdered** on the street last night.
昨晚一名男子在街上遭到謀殺。

單字遊戲

murmur [ˈmɝːmɚ] 動 碎碎念

What are you **murmuring** about?
你在碎碎念些什麼？

muscle [ˈmʌsəl] 名 肌肉

This guy has a lot of **muscles**.
這傢伙有很多的肌肉。

mushroom [ˈmʌʃruːm] 名 蘑菇

Mushrooms are fungi, not plants.
菇是真菌，而非植物。

mutual [ˈmjuːtʃəwəl] 形 相互的, 共同的

Good relationships are built upon **mutual trust**.
好的關係建立於互信上。

mystery [ˈmɪstəri] 名 神祕, 謎團
mysterious [ˌmɪˈstɪriəs] 形 神祕的, 不可思議的

註：myth 迷思, 不解之謎

The creation of life remains a **mystery**.
生命的創造仍然是個謎團。

189

中階英語單字 (N1)

naked [ˈnekɪd] 形 裸體的

Hey dude, why are you **naked**?
嘿，老兄，你怎麼全身赤裸裸？

同義字：nude

基礎衍生字彙 → **nickname** 名 綽號, 匿名　**namely** 副 也就是說

nap [ˈnæp] 名 小睡片刻

I was just taking a **nap**.
我只是小睡片刻。

napkin [ˈnæpˌkɪn] 名 餐巾, 餐紙

Can we have more **napkins**.
我們可以多要一些餐紙嗎？

nationality [ˌnæʃəˈnæləti] 名 國籍
native [ˈnetɪv] 形 本土的

註：nation (n) 國家

I have **dual nationality**.
我有雙重國籍。

navy [ˈnevi] 名 海軍

Peter is serving in the **navy**.
Peter 正在海軍服役。

單字遊戲

neat [ˈniːt] 形 整潔的, 整齊的

I always keep my office **neat** and clean.
我總是保持我的辦公室整潔且乾淨。

necktie [ˈnɛkˌtaɪ] 名 領帶
註：neck 脖子 + tie 結

I bought a new **necktie** for work.
我為工作買了一條新的領帶。

needy [ˈniːdi] 形 需要幫助的
necessity [nəˈsɛsəˌtɛt] 名 必要性
註：need (v) 需要

We provide the needy with basic **necessities**.
我們提供需要幫助的人基本的必需品。

neglect [nɪˈglɛkt] 動 忽視, 忽略

Cats don't like to be **neglected**.
貓咪們不喜歡被忽視。

negotiate [nɪˈgoʊʃɪeɪt] 名 談判, 協議

I think we need to sit down and **negotiate**.
我認為我們需要坐下來好好協議一番。

中階英語單字 (N2)

neighborhood [ˈneɪbɚˌhʊd] 名 社區

註：neighbor (n) 鄰居

This is a nice **neighborhood**.
這真是一個好社區。

---

nest [ˈnɛst] 名 巢穴

There is a **nest** on my roof.
我家屋頂有一個鳥巢。

基礎衍生字彙 ➔ **nevertheless** 名 儘管如此, 仍然, 不僅這樣

---

nightmare [ˈnaɪtˌmɛr] 名 噩夢

I had a terrible **nightmare** last night.
我昨晚做了一個很糟糕的噩夢。

---

noble [ˈnoʊbəl] 形 崇高的

They come from the **noble family**.
他們來自貴族家庭。

---

normal [ˈnɔːrməl] 形 正常的, 正規的

註：norm (n) 標準

We realized that we are just **normal people**.
我們意識到我們只是普通人而已。

基礎衍生字彙 ➔ **nonsense** 名 胡說, 鬼扯 形 鬼扯的

單字遊戲

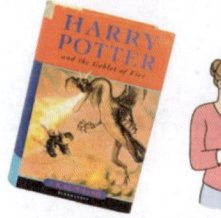

novelist [ˈnɑːvəlɪst] 名 小說家   註：novel (n) 小說

Do you read novels? I write novels. I'm a **novelist**.
你讀小說嗎？我寫小說。我是一名小說家。

基礎衍生字彙 ➡ **nowadays** 副 現今 (現在的日子)

nuclear [ˈnuːklɪɚ] 形 核子的, 細胞核的
註：nucleus (n) 細胞核

Nuclear weapons are very destructive.
核子彈相當具有毀滅性。

numerous [ˈnuːmərəs] 形 許多的
註：number (n) 數字

One word may carry **numerous** meanings.
一個字可能帶有許多意思。

nun [ˈnʌn] 名 修女, 尼姑

She decided to be a **nun**.
她決定要成為一名修女。

nursery [ˈnɝːsəri] 名 托兒所
註：nurse (n) 護士, 保母

The children are at **nursery** four days a week.
孩子們一週四天上托兒所。

nutritious [nuːˈtrɪʃəs] 形 有營養的
註：nutrition (n) 營養

People need **nutritious food** to stay healthy.
人們需要營養的食物來維持健康。

中階英語單字 (O1)

oak [oʊk] 名 橡樹

North America has a large number of **oak trees**.
北美洲有大量的橡樹。

---

obedient [oˈbiːdiənt] 形 服從的
obedience [oˈbiːdiəns] 名 服從
註：obey (v) 服從

Children are taught to be **obedient** to their parents.
小孩子被教導要服從父母。

---

objection [əbˈdʒɛkʃən] 名 反對, 異議
objective [əbˈdʒɛktɪv] 形 反對的, 客觀的(容許異議的)
註：object (n) 個體

She showed her **objection** to my plan.
她對我的計畫表示反對。

---

observe [əbˈzɜːv] 動 觀察
observation [ˌɑːbzɚˈveɪʃən] 名 觀察

Observation is the first step in problem-solving.
觀察是解決問題的第一步。

---

obstacle [ˈɑːbstəkəl] 名 障礙物, 妨礙

Jump over the hurdles and **obstacles** in front of you.
跳過你前方的困難與屏障。

194

單字遊戲

obtain [ɑbˈteɪn] 動 抓住, 取得

He **obtained** the ruling power.
他取得了統治權。

occasion [oˈkeɪʒən] 名 場合, 狀況, 時刻
occasional [oˈkeɪʒənəl] 形 偶爾的, 狀況性的

People do different things on different **occasions**.
人們在不同的場合做著不同的事情。

occupy [ˈɑːkjəˌpaɪ] 動 佔領
occupation [ˌɑːkjəˈpeɪʃən] 名 佔領, 職業

My seat is **occupied**.
我的位置被佔領了。

odd [ˈɑːd] 形 奇特的, 單數的 名 奇怪, 反常

Odd numbers cannot be arranged in pairs.
奇數無法兩個配成一組。

offend [oˈfɛnd] 動 冒犯, 觸怒
offense [oˈfɛns] 名 冒犯, 觸怒
offensive [oˈfɛnsɪv] 形 冒犯的

He is super **offensive**. Can someone stop him?
他行為超級冒犯的。有人可以抑制他嗎？

omit [oˈmɪt] 動 省略, 略過

Unnecessary words can be **omitted**.
不需要的文字可以省略。

195

中階英語單字 (O2)

| 基礎衍生字彙 | → | **ongoing** | 形 持續進行的 |
| 基礎衍生字彙 | → | **onto** | 介 上去 |

onion [ˈʌnjən] 名 洋蔥

Why does cutting **onions** make our eyes tear?
為什麼切洋蔥讓我流眼淚？

opera [ˈɑːprə] 名 歌劇

Recently, I fell in love with **opera**.
最近，我愛上了歌劇。

operation [ˌɑːpəˈreɪʃen] 名 運作, 操作, (醫學) 手術

註：operate (v) 經營, 運作　　註：operator (n) 接線員

Successful business **operations** generate huge profits.
成功的商業經營帶來巨大利潤。

opportunity [ˌɑːpəˈtuːnəti] 名 機會, 良機

There are still a lot of **opportunities**.
機會還有很多。

oppose [əˈpoʊz] 動 反對
opposite [ˈɑːpəzɪt] 形 相反的, 對立的

I'm afraid I have to **oppose** this idea.
恐怕我必須反對這個點子。

單字遊戲

option [ˈɑːpʃən] 名 選擇

字源：opt- (光)

Having too many **options** makes it harder to choose.
選項太多就更難決定了。

optimistic [ˌɑːptəˈmɪstɪk] 形 樂觀的

字源：opt- (光)

It's good to live an **optimistic** life.
生活樂觀點挺不錯的。

oral [ˈɔːrəl] 形 口頭的, 口述的

Jenny speaks good **oral English**.
Jenny 說很棒的口語英文。

同義字：verbal, colloquial

orbit [ˈɔːrbɪt] 動 繞行 名 繞行軌道

All planets **orbit the Sun** in the solar system.
太陽系裡的所有的行星都繞行著太陽。

似：revolve 公轉

orchestra [ˈɔːrkəstrə] 名 管弦樂隊

Dave will conduct the **orchestra** tonight.
Dave 今晚會領導管絃樂隊。

中階英語單字 (O3)

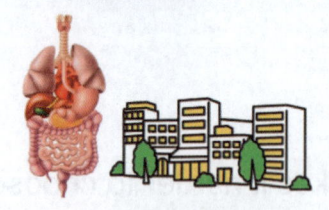

organic [ɔːrˈɡænɪk] 形 有機的
organize [ˈɔːrɡəˌnaɪz] 動 組織

註：organ 器官, 組織

This company is very **organized**.
這家公司組織良好。

orientation [ˌɔːriɛnˈteɪʃən] 名 方向, 導引, 新生訓練

註：orient (v) 引導方向

We planned a week of **orientation** for new students.
我們為新學生們規劃了一週的新生訓練。

original [əˈrɪdʒənəl] 形 源頭的, 原始的

註：origin (n) 起源

Where are human beings from **originally**?
人來源頭來自哪裡？

orphan [ˈɔːrfən] 名 孤兒

Sam was left as an **orphan** as a small boy.
Sam 自幼就被拋棄而成為孤兒。

基礎衍生字彙 ➡ **otherwise** 副 其它方向, 否則, 不然的話

outdoor 形 戶外的
outdoors 副 在戶外
outer 形 外部的
outline 名 外形, 輪廓
outcome 名 結果, 結局
outstanding 形 傑出的

註：out- (出來)

198

單字遊戲

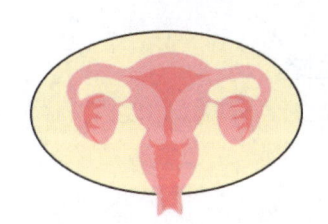

oval [ˈoʊvəl] 形 橢圓形的, 卵形的
註：ovary (n) 子宮, 卵巢

Eggs have a natural **oval shape**.
雞蛋有著自然的橢圓形狀。

oven [ˈʌvən] 名 烤箱

I'm baking muffin in the **oven**.
我正在烤箱烤馬芬。

owe [ˈoʊ] 動 積欠, 欠(債等)

John **owes** everyone money!
John 欠好多人錢。

oxygen [ˈɑːksɪdʒən] 名 氧氣

Humans need **oxygen** to breathe.
人類需要氧氣進行呼吸。

owl [ˈaʊl] 名 貓頭鷹
ox [ˈɑːks] 名 公牛

同義字：bull

基礎衍生字彙 → **ownership** 名 擁有權, 擁有者身分

overseas 副 在海外
overcoat 名 大衣, 外套
overcome 動 戰勝, 克服
overlook 副 眺望, 忽視
overnight 形副 整夜的, 一夜之間
overthrow 動 推翻

註：over- (越過, 結束)

中階英語單字 (P1)

pace [ˈpeɪs] 名 步調, 進度 動 走路

He walked at a brisk **pace**.
他以一個輕快的步伐行走。

pad [ˈpæd] 名 墊子

註：mouse pad 滑鼠墊

I never use a **mouse pad**.
我從來沒用過滑鼠墊。

painter [ˈpeɪntɚ] 名 油漆工人, 畫家

註：paint (v) 水彩畫, 粉刷

I hired a **painter** to paint the wall.
我雇用一名油漆工人來粉刷牆面。

pal [ˈpæl] 名 朋友

We are great **pals**.
我們是很好的朋友。

同義字：friend

---

palace [ˈpæləs] 名 宮殿

We visited **Buckingham Palace** last week.
我們上週參訪了白金漢宮。

單字遊戲

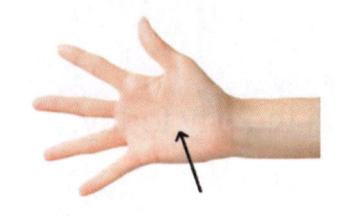

palm [ˈpɑːm] 名 手掌, 手心

He had the audience in the **palm** of his hand.
他牢牢地將觀眾抓在手掌心。

pancake [ˈpænˌkeɪk] 名 煎餅

I made some **pancakes**.
我做了一些煎餅。

panel [ˈpænəl] 名 面板, 專案小組

Solar panels can generate green energy.
太陽能板可以產生綠能。

panic [ˈpænɪk] 名 恐慌 動 使~恐慌

The disease is making everybody **panic**.
這場疾病正在迫使大家恐慌。

parachute [ˈpɛrɪˌʃuːt] 名 降落傘

Skydiving, also called **parachuting**, is really fun.
空中跳傘，或稱為降落傘，非常的有趣。

中階英語單字 (P2)

parade [pəˈreɪd] 名 動 遊行

There is a **parade** going on in the city today.
今天城市裡有一場遊行。

paradise [ˈpɛrəˌdaɪs] 名 天堂, 樂園

Only good people can go to the **paradise**.
只有好人可以上天堂。

paragraph [ˈpɛrəˌɡræf] 名 (文章) 段落

I wrote three **paragraphs** in this essay.
我這篇文章寫了 3 個段落。

parcel [ˈpɑːrsəl] 名 小包裹

I received a small **parcel** from my friend.
我收到了來自朋友的一個小包裹。

同：package (n) 包裹

parrot [ˈpɛrət] 名 鸚鵡

Parrots can imitate human speech.
鸚鵡可以模仿人類說話。

202

單字遊戲

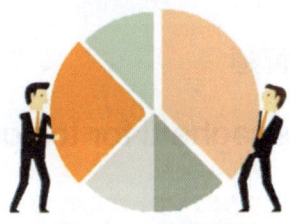

partial [ˈpɑːrʃəl] 形 部分的, 局部的
participation 名 參加

註：part (n) 部分

Thanks for your **participation**.
感謝您的參與。

---

partnership [ˈpɑːrtnɚˌʃɪp] 名 夥伴關係

註：partner (n) 夥伴

Jane and John developed a strong **partnership**.
Jane 與 John 發展了出一個很堅固的夥伴關係。

---

passage [ˈpæsɪdʒ] 名 通行, 走廊
passport [ˈpæˌspɔːrt] 名 護照, 通行
passenger [ˈpæsɪndʒɚ] 名 乘客

註：pass (v) 通過

Everyone needs a **passport** to go overseas.
每個人都需要護照才能出國旅行。

---

passion [ˈpæʃən] 名 熱情, 激情

註：passion fruit (n) 百香果

I love **passion fruit**.
我喜歡百香果。

---

passive [ˈpæsɪv] 形 被動的, 消極的

Stop being so **passive**!
不要再那麼被動了！

中階英語單字 (P3)

pasta [ˈpɑːstə] 名 (義大利) 筆管麵

Do you want some **pasta** or spaghetti for tonight?
你今晚要吃筆管麵還是義大利麵嗎？

---

pat [ˈpæt] 動 名 輕拍, 輕打

Give your dog a gentle **pat**.
給你的狗狗輕輕地拍打。

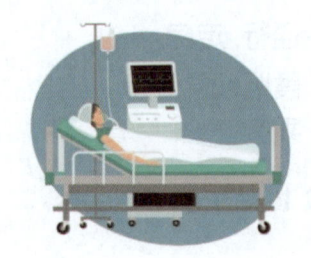

---

patience [ˈpeɪʃəns] 名 耐心

註：patient (n) 病人 (a) 耐心的

You are now a patient. Have some **patience**.
你現在是一個病人了。請有點耐心。

---

pause [ˈpɔz] 動 名 暫停

Can you **pause** the video for a minute?
你可以暫停這部影片一下下嗎？

---

pave [ˈpeɪv] 動 鋪路
pavement 名 鋪路

They are **paving the road**.
他們正在鋪路。

單字遊戲

paw [ˈpɒ] 名 獸掌

My cat likes to lick her **paws**.
我的貓咪喜歡舔她的腳掌。

pea [ˈpiː] 名 豌豆

I had some **peas** and carrots for my breakfast.
我早餐吃了一些豌豆及胡蘿蔔。

peanut [ˈpiːnʌt] 名 花生
字源：貌似 pea (n) 豆子，味道似 nut (n) 堅果

Would you like some **peanut butter** for your toast?
你的吐司想要加一些花生醬嗎？

pearl [ˈpɝːl] 名 珍珠

This **pearl** is so pretty!
這顆珍珠好漂亮！

peculiar [pəˈkjuːljɚ] 形 奇怪的, 奇異的

This dog is kind of **peculiar** somehow.
這隻狗狗怎麼好像有點奇特。

205

中階英語單字 (P4)

peel [ˈpiːl] 動 去皮 名 果皮

Please **peel** the apple before making apple pie.
製作蘋果派前請先削皮。

---

peep [ˈpiːp] 動 名 窺視, 偷看
peer [ˈpɪr] 名 同僚, 同輩

John **had a peep at** Tom's notes.
John 偷看了 Tom 的筆記一眼。

同義字：peek 偷瞄

---

penalty [ˈpɛnəlti] 名 罰金, 刑責

You will receive a **penalty** of a million dollars.
你會收到一百萬元的罰金。

---

penguin [ˈpɛŋgwɪn] 名 企鵝

Baby **penguins** are so cute!
企鵝寶寶好可愛喔。

---

penny [ˈpɛni] 名 一分錢 (= cent)

Nothing costs a **penny** nowadays.
今天一分錢買不到東西了。

單字遊戲

pepper [ˈpɛpɚ] 名 胡椒, 辣椒, 甜椒

Could you pass me the salt and **pepper** please?
你可以傳遞鹽巴與胡椒給我嗎？

percent [pɚˈsɛnt] 名 百分之一
percentage [pɚˈsɛntɪdʒ] 名 百分比

I think so, but I'm not 100 **percent** sure.
我想是，但我不是百分之百確定。

perfection [pɚˈfɛkʃən] 名 完美

註：perfect (a) 完美的

He is always looking for **perfection**.
他總是追求完美。

perform [pɚˈfɔːrm] 動 表演, 執行
performance [pɚˈfɔːrməns] 名 表演, 表現

They are **performing music**.
他們正在演奏音樂。

perfume [pɚˈfjuːm] 名 香水

She applied **perfume** and went out on a date.
她擦上香水然後外出約會去了。

中階英語單字 (P5)

permanent [ˈpɜːmənənt] 形 永久的

There is nothing **permanent** except change.
沒有什麼是永久的，除了改變以外。

permit [pəˈmɪt] 動 允許 名 許可證
permission [pəˈmɪʃən] 名 允許, 許可

A learner's **permit** is the first step to getting a license.
學習許可證是考取駕照的第一步。

同義字：licence 執照

---

persuade [pəˈsweɪd] 動 說服, 勸服
persuasion [pəˈsweɪʒən] 名 說服, 勸服
persuasive [pəˈsweɪsɪv] 形 有說服力的

She is **persuaded** to accept the truth.
她被說服要接受事實。

同義字：convince

---

pessimistic [ˌpɛsəˈmɪstɪk] 形 悲觀的

These guys are too **pessimistic**.
這些傢伙真是太悲觀了。

pest [ˈpɛst] 名 害蟲

註：pesticide 殺蟲劑

Try not to kill **pests** with pesticide.
去除害蟲試著不要用殺蟲劑。

208

單字遊戲

phenomenon [fəˈnɑːməˌnɑːn] 名 現象

There is a strange phenomenon in the sky!
天空中有一個奇怪的現象。

philosophy [fəˈlɑːsəfi] 名 哲學
philosopher [fəˈlɑːsəfə-] 名 哲學家
philosophical [ˌfɪləˈsɑːfɪkəl] 形 哲學的

Socrates was a great philosopher in Ancient Greece.
蘇格拉底是古希臘一個偉大的哲學家。

photographer [fəˈtɑːgrəfə-] 名 攝影師
photography [fəˈtɑːgrəfi] 名 攝影

I'm into photography recently.
最近我迷上了攝影。

physics [ˈfɪzɪks] 名 物理學
physical [ˈfɪzɪkəl] 形 身體的, 物理的
physician [fəˈzɪʃən] 名 醫師
physicist [ˈfɪzəˌsɪst] 名 物理學家

註：PE = Physical Education 體育

Einstein was a genius in Physics.
愛因斯坦是物理學的一名天才。

pickle [ˈpɪkəl] 動 醃製 名 醃製品 (尤指小黃瓜)

I want some pickles in my sandwich.
我想要加一些小黃瓜在我的三明治裡。

209

中階英語單字 (P6)

pigeon [ˈpɪdʒən] 名 鴿子

There are too many **pigeons** on the street.
街上有太多隻鴿子了。

pile [ˈpaɪl] 動 堆起 名 一堆

I have **a pile of** work to do.
我有一堆工作要做。

pill [ˈpɪl] 名 藥丸 (藥片或膠囊)

Please take this **pill**, three times a day.
請服用這一顆藥丸，一天三次。

tablet　capsule

pilot [ˈpaɪlət] 名 飛行員

I want to become a **pilot** one day!
有天我想要成為一名飛行員。

pine [ˈpaɪn] 名 松樹

We have a **pine tree** in our courtyard.
我們的庭園裡有一顆松樹。

單字遊戲

pineapple [ˈpaɪˌnæpəl] 名 鳳梨
字源：pine 松樹 + apple 蘋果

Pineapple is a beautiful tropical fruit.
鳳梨是一種漂亮的熱帶水果。

pint [ˈpaɪnt] 名 品脫 (容積單位)

He went into the bar and asked for a **pint** of beer.
他進入了酒館並點了一品脫的啤酒。

pioneer [ˌpaɪəˈnɪr] 名 拓荒者, 先驅

My little son wants to be a **pioneer** in everything.
我的小兒子想要成為各種領域的先驅。

pit [ˈpɪt] 名 地洞, 大凹洞

Watch out! There is a **pit** on the ground!
小心！地面上有一個大凹洞！

pitch [ˈpɪtʃ] 動 名 投球, 音調

The pitcher is ready to **pitch**.
投手準備好要投球了。

中階英語單字 (P7)

pity [ˈpɪti] 名 動 憐憫, 同情

I feel **pity** for stray animals.
我為流浪動物感到憐憫。

plastic [ˈplæstɪk] 形 可塑的, 塑膠的 名 塑膠

Try to use less **plastic bags** from now on.
從現在起試著少用塑膠袋。

playful [ˈpleɪfəl] 形 愛玩樂的

Kids are **playful** at this age.
這個年紀的小孩子很愛玩。

功能詞彙 ➡ **plenty** 名 大量
plentiful 形 充分的

plot [ˈplɑːt] 動 策畫 名 劇情

A good story needs a good **plot**.
好的故事需要好的劇情。

plug [ˈplʌg] 名 插頭, 塞子

Please pull out the **plug** when you finish using it.
使用完畢請把拔掉插頭。

單字遊戲

plum [ˈplʌm] 名 梅子, 好工作   狸語：plum job 好工作

How did you find this **plum job**?
你是如何找到這份好工作的？

plumber [ˈplʌmɚ] 名 水管工人

We need to find a **plumber** to fix the sink.
我們需要找個水管工人來修理水槽。

poisonous [ˌpɔɪzənəs] 形 有毒的, 有害的

註：poison (n) 毒

同義字：toxic

Don't drink that! It's **poisonous**!
不要喝！有毒！

pole [poʊl] 名 柱, 竿

Birds like to perch on top of **power poles**.
鳥兒喜歡在電線桿上面棲息。

polish [ˈpɑːlɪʃ] 動 磨光, 擦亮

Can you help me **polish** the glass?
你可以幫我把杯子擦亮嗎？

中階英語單字 (P8)

politics [ˈpɑːləˌtɪks] 名 政治　註：policy 政策
political [pəˈlɪtəkəl] 形 政治的
politician [ˌpɑːləˈtɪʃən] 名 政客

He is a **politician** who vows but won't keep his word.
他是一名只會開空頭支票的政客。

---

poll [poʊl] 名 民調

We conducted a **poll** before the election.
我們在選舉前進行了一份民調。

---

pollute [pəˈluːt] 動 污染
pollution [pəˈluːʃən] 名 污染

Water pollution is a serious problem in this region.
水汙染是這個地區一個嚴重的問題。

---

popularity [ˌpɑːpjəˈlɛrəti] 名 普及, 流行, 人氣

註：popular (a) 有人氣的

She is gradually gaining her **popularity**.
她正逐漸獲得她的人氣。

---

porcelain [ˈpɔːrsələn] 名 瓷器

I bought a fine piece of **porcelain** from the shop.
我從商店裡買了一件漂亮的瓷器。

單字遊戲

portable [ˈpɔːrtəbəl] 形 可攜式的
字源：port 港口, 移動 + able

A **portable** battery can come in handy.
行動能源(攜帶式電池)很方便。

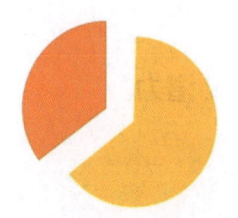

portion [ˈpɔːrʃən] 名 (一)部分

A **portion of** the profits will go into charity.
利潤的一部分會拿來做慈善。

同義字：part

portray [pɔːrˈtreɪ] 動 畫, 描寫
portrait [ˈpɔːrtrɛt] 名 肖像, 畫像, 相片

This is a beautiful **portrait**.
這是一幅很美麗的肖像畫。

possess [pəˈzɛs] 動 擁有, 持有
possession [pəˈzɛʃən] 名 擁有, 持有物, 財產

This man has a lot of **possessions**.
這個人有很多財產。

postage [ˈpoʊstɪdʒ] 名 郵資, 郵費
poster [ˈpoʊstɚ] 名 海報
註：post (v) 郵筒、貼文 

How much is the **postage**?
郵資多少呢？

中階英語單字 (P9)

postpone [post'poʊn] 動 延後, 延緩
postponement 名 延後, 延緩

Our plan has been **postponed**.
我們的計畫已經受到了延遲。

---

potential [pə'tɛnʃəl] 形 潛在的 名 潛力

We all have great **potential**.
我們都有很棒的潛力。

---

pottery ['pɑːtəri] 名 陶器

I am good at **pottery**.
我善於陶藝。

---

pour ['pɔːr] 動 倒入, 灌入

Please be careful when you **pour** the water.
倒水的時候請小心。

---

poverty ['pɑːvəti] 名 貧窮, 貧困
註：poor (a) 貧窮的

This poor man is doomed to live in **poverty**.
這個可憐的人註定好要生活在貧窮裡。

216

單字遊戲

powder [ˈpaʊdɚ] 名 粉

What's in this **powder**?
這個粉末裡面是什麼？

practical [ˈpræktɪkəl] 形 實用的, 實作的
註：practice (n) 練習, 實作

Practical experiences are very important.
實務經驗是很重要的。

precious [ˈprɛʃəs] 形 寶貴的

I found some **precious gold**!
我發現了一些珍貴的黃金！

註：treasure 寶藏

precise [prɪˈsaɪs] 形 精確的, 準確的

Precisely, one year is 365 days and six hours.
精確來說，一年是 365 天又 6 個小時。

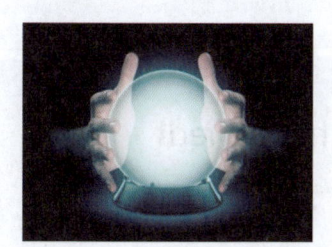

同義字：accurate

predict [priˈdɪkt] 動 預言, 預報
prediction [priˈdɪkʃən] 名 預言, 預報
字源：pre- (先前) + dict (說)

Future cannot be **predicted**.
未來是無法預測的。

中階英語單字 (P10)

pregnant [ˈprɛgnənt] 形 懷孕的
pregnancy [ˈprɛgnənsi] 名 懷孕

My wife is **pregnant**.
我的太太懷孕了。

preparation [ˌprɛpəˈreɪʃən] 名 準備

註：prepare (v) 準備

He made a careful **preparation** for the test.
他為這次考試做好了準備。

presence [ˈprɛzəns] 名 出席, 在場
presentation [ˌprɛzənˈteɪʃən] 名 呈現, 簡報

註：present (v) 呈現 (a) 存在的

I have a **presentation** tomorrow.
我明天有一場簡報。

preserve [prəˈzɜːv] 動 保存, 維護
preservation [ˌprɛzəˈveɪʃən] 名 保存, 維護

字源：pre- (提前) + serve 服務

We should learn to **preserve** food and resources.
我們應該學會保存食物與資源。

pretend [priˈtɛnd] 動 假裝

Don't **pretend** like nothing happened!
不要假裝什麼事都沒發生一樣。

單字遊戲

prevent [prɪˈvɛnt] 動 預防, 防止
prevention [prɪˈvɛnʃən] 名 預防, 防止

Prevention is better than cure.
預防勝於治療。

previous [ˈpriːvɪəs] 形 先前的

Can you play the **previous** song once again.
你可以在播放一次剛剛先前的那一首歌。

prime [ˈpraɪm] 形 最初的, 基本的
primitive [ˈprɪmətɪv] 形 遠古的, 原始的

He is studying the **primitive** human society in Africa.
他正在非洲研究原始人類的社會模式。

priority [praɪˈɔːrəti] 名 優先權 註：priority seat (n) 博愛座
privilege [ˈprɪvlədʒ] 名 特權
註：prior to 在~之前

Priority seats are for elders or those in need.
博愛座是給老人或有需要的人。

privacy [ˈpraɪvəsi] 名 隱私
註：private (a) 隱私的

Please give me some **privacy**.
請給我一些隱私！

中階英語單字 (P11)

probable [ˈprɑːbəbəl] 形 可探究的, 具可能性的

註：probe (v) 探究

We may have a **probable** solution to this.
對此，我們也許有一個可探究的解決方案。

proceed [prəˈsiːd] 動 進行
process [ˈprɑˌsɛs] 名 過程
procedure [prəˈsiːdʒɚ] 名 程序, 步驟

似：continue 繼續

You may now **process** to the next step.
你現在可以前進到下一步了。

producer [prəˈduːsɚ] 名 生產者
product [prɑˈdʌkt] 名 產品
productive [prəˈdʌktɪv] 形 有生產力的

註：produce (v) 生產

How do I know if they are **productive** or not?
我該如何知道他們是否具有生產力？

professor [prəˈfɛsɚ] 名 教授
profession [prəˈfɛʃən] 名 職業, 專業
professional [prəˈfɛʃɪnəl] 形 專業的 名 專家

They are great **professors**.
他們是很棒的教授。

profit [ˈprɑːfɪt] 名 利潤, 收益
profitable [ˈprɑːfɪtəbəl] 形 有利潤的

同義字：benefit (n) 利潤

I believe your business will be **profitable**.
我相信你的事業是會賺錢的。

單字遊戲

promising [ˈprɑːməsɪŋ] 形 有前途的, 有希望的
prominent [ˈprɑːmənənt] 形 卓越的, 著名的

You have a **promising** future.
你的未來前途無量。

註：promise (v) 承諾

promote [prəˈmoʊt] 動 推廣, 升遷, 促銷
promotion [prəˈmoʊʃən] 名 推廣, 升遷, 促銷

註：pro- (向前) + move 移動

You work so hard that you deserve a **promotion**.
你工作如此認真，值得晉級升遷。

prompt [ˈprɑːmpt] 動 促發 形 即刻激發的

Your **prompt** idea helped a lot
你這個即刻激發的想法幫助很大！

pronounce [prəˈnaʊns] 動 發音
pronunciation [proˌnənsiˈeɪʃən] 名 發音

John is learning **pronunciation**.
John 正在學習發音。

proof [ˈpruːf] 名 證據

註：prove (v) 證明

同義字：evidence (n) 證據

Let me go! You have no **proof**!
放我走！你沒有證據！

221

中階英語單字 (P12)

property [ˈprɑːpɚti] 名 財產, 資產
註：proper 適當的

He owns several **properties** in this area.
他在這個區域擁有好多不動產。

proposal [prəˈpoʊzəl] 名 提案, 求婚
註：propose (v) 提案, 求婚

He made a romantic **proposal** to his girlfriend.
他向他的女朋友提出了浪漫的求婚。

prosper [ˈprɑːspɚ] 動 繁榮, 興旺
prosperity [prɑˈspɛrəti] 名 繁榮, 興旺
prosperous [ˈprɑːspərəs] 形 繁榮的, 興旺的

同義字：flourish (v) 興旺

The earth will **prosper** if we take care of it.
如果我們照顧好地球，地球就會欣欣向榮。

protection [prəˈtɛkʃen] 名 保護
註：protect (v) 保護

Children are under the **protection** of their parents.
小孩子受到父母的保護。

protein [ˈproʊtiːn] 名 蛋白質

Protein is important for muscle building.
蛋白質對肌肉的建立很重要。

222

單字遊戲

protest [prəˈtɛst] 動 抗議 [ˈprotɛst] 名 抗議

Some protestants are having a **protest** outside.
一些抗議人士正在外面抗議。

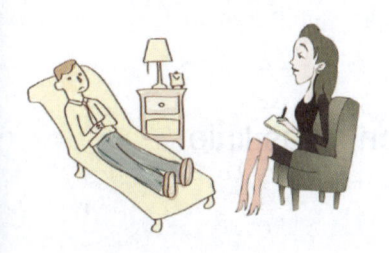

psychology [saɪˈkɑːlədʒi] 名 心理學
psychologist [saɪˈkɑːlədʒɪst] 名 心理學家
psychological [ˌsaɪkəˈlɑːdʒɪkəl] 形 心理的, 精神的

She is a great **psychologist**.
她是一位很棒的心理學家。

pub [ˈpʌb] 名 酒吧

They ordered some drinks at the **pub**.
他們在酒吧點了一些酒。

publish [ˈpʌblɪʃ] 動 出版, 公開
publisher [ˈpʌblɪʃɚ] 名 出版商
publicity [pʌˈblɪsəti] 名 名聲, 宣傳
publication [ˌpʌblɪˈkeɪʃən] 名 出版, 發表

The news will be **published** in the newspaper.
這則新聞會被出版在報紙上。

註：public (a) 公開的

pump [ˈpʌmp] 動 抽水 名 抽水機, 幫浦

We need a **pump** to pump the water.
我們需要一個幫浦來抽水。

中階英語單字 (P13)

punch [ˈpʌntʃ] 動 名 重拳一擊

A man gave Joe a big **punch** on his face.
一名男子朝 Joe 的臉上打了一拳。

---

puppet [ˈpʌpɪt] 名 玩偶

I used to play **puppets** when I was little.
我小時候曾經玩小木偶。

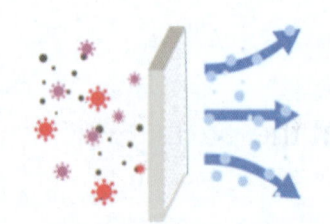

---

pure [ˈpjʊr] 形 淨化的, 純粹的

註：purify (v) 淨化

The air is clean and **pure**.
空氣乾淨且純淨。

---

purse [ˈpɝːs] 名 錢包

I lost my **purse** yesterday.
我昨天弄丟了我的錢包。

---

pursue [pɚˈsuː] 動 追求
pursuit [pɚˈsuːt] 名 追求

He's been **pursuing** money for all his life.
他一生都在追求金錢。

單字遊戲

NOTE

中階英語單字 (Q)

quarrel [ˈkwɔːrəl] 動名 爭吵

They are **having a quarrel**.
他們正在起口角。

queer [ˈkwɪr] 形 古怪的, 同性戀的

I have a **queer** feeling that we are being watched.
我有一種怪怪的感覺，好像有人正在看我們。

quilt [ˈkwɪlt] 名 薄棉被, 格狀棉被

My grandma made me a **quilt**.
我的奶奶做了一件格狀棉被給我。

quit [ˈkwɪt] 動 放棄, 離職

Sorry, but I'm going to **quit** today.
很抱歉，我今天要離職了。

同義字：resign

quote [kwoʊt] 動 引用, 引文, 報價
quotation [kwoʊˈteɪʃən] 名 引用, 引文, 報價

He began his speech with **a famous quote**.
他以一句名言開啟了他的演說。

單字遊戲

NOTE

中階英語單字 (R1)

racial [ˈreɪʃəl] 形 種族(歧視)的

註：race (n) 種族, 比賽

Racial discrimination should be avoided.
種族歧視應當被避免。

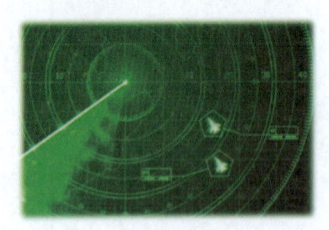

---

radar [ˈreɪˌdɑːr] 名 雷達

Radar was invented in World War II.
雷達在二次世界大戰時被發明出來。

---

rag [ˈræg] 名 破布, 抹布

He wiped his hand on a **rag**.
他在抹布上擦手。

---

rage [ˈreɪdʒ] 動 名 狂怒, 大怒氣

I can't stop his **rage**.
我無法停止他的怒氣。

---

rainfall [ˈreɪnˌfɔl] 名 降雨量

Heavy **rainfall** may cause flooding.
降雨量太大可能導致洪災。

單字遊戲

raisin [ˈreɪˌzɪn] 名 葡萄乾

I don't like **raisins** because they are too dry.
我不喜歡葡萄乾，因為它們太乾了。

rate [ˈreɪt] 動 評價 名 利率, 匯率, 價格
rank [ˈræŋk] 動 評價 名 等級

How would you **rate** this restaurant?
你會如何給這家餐廳評分呢？

raw [ˈrɑː] 形 生的, 未加工的

Is it safe to eat **raw meat**?
吃生肉安全嗎？

ray [ˈreɪ] 名 光線

There is always **a ray of** hope!
總是有一線希望的。

razor [ˈreɪzɚ] 名 刮鬍刀

I need a **razor** to shave my beard.
我需要刮鬍刀來刮鬍子。

中階英語單字 (R2)

react [rɪˈækt] 動 應對, 反應
reaction [rɪˈækʃən] 名 應對, 反應

I wonder how my cat would **react** if I ate her fish.
我納悶我的貓咪會怎麼反應，如果我把他的魚吃掉的話。

realistic [ˌrɪəˈlɪstɪk] 形 逼真的, 現實的
註：real (a) 真實的

This craft is somewhat **realistic**.
這個作品還挺逼真的。

reasonable [ˈriːzənəbəl] 形 合理的, 正當的
註：reason (n) 理由 (v) 推理

That sounds **reasonable**.
那聽起來很合理。

同義字：logical

---

rebel [rɪˈbɛl] 動 反叛 [ˈrɛbəl] 名 反抗者

The angry citizens **rebelled** against their government.
憤怒的市民們反叛他們的政府。

recall [ˈriːˌkɒl] 動 回想

I'm trying to **recall** what happened last night.
我正在試著回想昨晚發生什麼事了。

230

單字遊戲

receipt [rəˈsiːt] 名 收據, 收條
receiver [ɪˈsiːvɚ] 名 收件人, 收款人
註：receive (v) 接收

Do you want your **receipt**? 你要收據嗎？

---

reception [ɪˈsɛpʃən] 名 接待, 櫃台

Please check in at the **reception desk**.
請在櫃檯報到。

---

recipe [ˈrɛsəpi] 名 食譜

Can I ask for the **recipe** of your pancakes?
我可以跟你要煎餅的食譜嗎？

---

recognize [ˈrɛkəɡˌnaɪz] 動 認出, 識別
recognition [ˌrɛkəɡˈnɪʃən] 名 認出, 識別

Facial recognition system is widely used in smartphones. 臉部辨識系統廣泛運用在智慧型手機裡。

---

recorder [ɪˈkɔːrdɚ] 名 錄音機
註：record (v) 錄音

Our conversation is recorded in the **recorder**.
我們的對話紀錄在錄音機中。

231

中階英語單字 (R3)

recovery [rɪˈkʌvri] 名 復元,痊癒
註：recover (v) 復原

Cindy **made a full recovery** from a big injury.
Cindy 從一場重傷中完全恢復了。

recreation [ˌrɛkriˈeɪʃən] 名 娛樂,消遣
字源：re- (again) + creation 創造心靈

This park has a large **recreation area**.
這座公園有一個大型的娛樂區域。

同義字：entertainment, amusement

rectangle [ˈrɛktæŋgəl] 名 長方形
字源：rect- (straight) + angle 角度

A **rectangle** has four straight angles.
長方形有四個直角。

recycle [riˈsaɪkəl] 動 回收
字源：re- (again) + cycle 循環

We need to **recycle** more and avoid the waste.
我們需要多做回收並且避免浪費。

reduce [rɪˈduːs] 動 減少,削減
reduction [rɪˈdʌkʃən] 名 減少,削減

We are working hard to **reduce** our debt.
我們正努力減少我們負債。

同義字：subtract 抽走, deduct 扣除, minus 減少

單字遊戲

refer [rɪˈfɜː] 動 參照, 談到
reference [ˈrɛfərəns] 名 參照, 推薦信

註：referee (n) 裁判

Please **refer to** the rules.
請<u>參照</u>規則。

---

reflect [rəˈflɛkt] 動 反射, 反映
reflection [rəˈflɛkʃən] 名 反射, 反映

The dog is watching his own **reflection** in water.
這隻狗狗看著自己水中的<u>反射</u>倒影。

---

reform [rɪˈfɔːrm] 動名 改革, 重組

註：re- (again) + form 組成

We need a **reform** to improve our performance.
我們需要<u>改革重組</u>來促進我們的表現。

---

refugee [ˈrɛfjuːdʒi] 名 難民

A lot of **refugees** become homeless after the civil war.
這場內戰後許多<u>難民</u>無家可歸。

---

refund [rɪˈfʌnd] 動 退款 [ˈrɪfʌnd] 名 退款

字源：re- (back) + fund 款項

We will **refund** your money if you are not satisfied.
如果您不滿意我們會<u>退款</u>給您。

中階英語單字 (R4)

refusal [rɪˈfjuːzəl] 名 拒絕

註：refuse (v) 拒絕

He waved his hand in **refusal**.
他揮手表示拒絕。

regarding [rɪˈɡɑːrdɪŋ] 介 關於

註：regard (n) 關心

Regarding your concerns, I feel grateful.
關於你的關心，我相當感激。

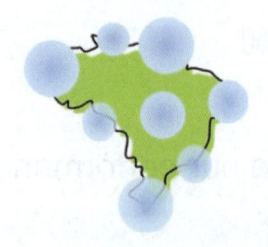

regional [ˈriːdʒənəl] 形 地區性的

註：region (n) 地區

A new law is set to improve the **regional economy**.
一條新的法律被制定來促進地區經濟。

register [ˈrɛdʒəstɚ] 動 登記, 註冊 名 掛號處

註：registration (n) 註冊, 掛號

Where should I **register**?
我應該到哪裡註冊呢？

regret [rɪˈɡrɛt] 動名 後悔

I **regret for** what I have done.
我對我所做的事情後悔。

234

單字遊戲

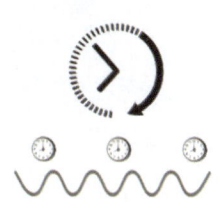

regulate [ˈrɛgjəˌlɛt] 動 制訂規章, 調節
regulation [ˌrɛgjəˈleɪʃən] 名 規章
註：regular (a) 規律的

Keep regular hours and your body will be **regulated**.
保持規律的作息，你的身體就會得到調解。

---

rejection [rɪˈdʒɛkʃən] 名 拒絕, 退回
註：reject (v) 拒絕

I received a **rejection** letter from my application.
我的申請案收到了駁回信函。

---

relax [rəˈlæks] 動 放鬆
relaxation [ˌrilækˈseɪʃən] 名 放鬆

Just **relax** for a day or two. It's fine.
就放鬆個一兩天吧。沒關係的。

---

release [riˈliːs] 動名 釋放, 發行, 新聞稿

A **press release** was issued at 10 AM.
新聞稿在 10 點的時候發佈了。

似：issue 發行, publish 出版

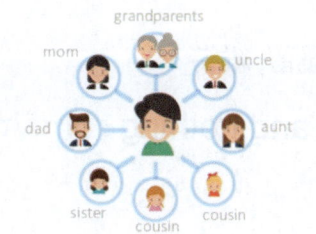

---

relevant [ˈrɛləvənt] 形 有關係的
註：relate (v) 與~相關

They are my relatives. We are **relevant**.
他們是我的親戚。我們是有關係的。

235

中階英語單字 (R5)

relief [rɪˈliːf] 名 緩和, 減輕
relieve [rɪˈliːv] 動 緩和, 減輕

I feel temporarily **relieved**.
我暫時感覺舒緩。

---

religious [rɪˈlɪdʒəs] 形 宗教的, 有信仰的

註：religion (n) 宗教

I enjoy **religious freedom** in my country.
我享受我國的宗教自由。

---

reluctant [rɪˈlʌktənt] 形 不情願的, 勉強的

John is **reluctant** to do any housework.
John 不情願做任何的家事。

---

rely [rɪˈlaɪ] 動 依靠
reliable [rɪˈlaɪəbəl] 形 可依靠的

We **rely on** each other. We are good friends.
我們是好朋友。我們互相依賴。

---

remain [rɪˈmeɪn] 動 剩下, 殘留, 維持

He spent up all his savings and nothing **remains**.
他花光所有的積蓄。毫無殘存。

單字遊戲

remark [rɪˋmɑrk] 動名 評論, 議論
remarkable [rɪˋmɑrkəbəl] 形 非凡的, 卓越的

You did a **remarkable** job. Well done!
你做了一件很棒的工作。做得好！

---

remedy [ˋrɛmədɪ] 名 治療, 療法

Music is the best **remedy**.
音樂是最好的治療。

---

remind [riˋmaɪnd] 名 提醒

Please **remind** me to buy some milk after work.
麻煩提醒我下班後要買牛奶。

---

remote [rɪˋmoʊt] 形 遙遠的, 偏僻的

Where is the **remote control**.
遙控器在哪裡？

---

renew [rɪˋnu:] 動 換新, 更新
註：refurbish 翻修

I need to **renew** my lease by the end of this month.
我需要在這個月結束前續約(更新)我的租約。

中階英語單字 (R6)

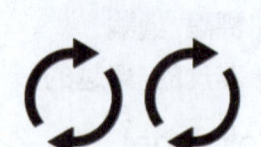

repetition [ˌrɛpəˈtɪʃən] 名 重複, 反覆

註：repeat (v) 重覆

Repetition can help the learning process.
重複對學習過程有幫助。

replace [ˌriˈpleɪs] 動 取代, 替換
replacement 名 取代, 替換

字源：re- (again) + place 放置 = 再放一個

Smartphones have **replaced** traditional cellphones.
智慧型手機已經取代了傳統手機。

represent [ˌrɛprɪˈzɛnt] 動 代表, 象徵
representation [ˌrɛprɪzɛnˈteɪʃən] 名 代表, 代理
representative [ˌrɛprɪˈzɛntətɪv] 形 代表性的 名 代理人

同義字：delegate

John will **represent** us in this meeting.
John 會代表我們出席這場會議。

republic [rɪˈpʌblɪk] 名 共和國 形 共和的

Taiwan is also known as the **Republic** of China.
台灣又稱為中華民國（中華共和國）。

reputation [ˌrɛpjʊˈteɪʃən] 名 名譽, 名聲

This company has a good **reputation**.
這間公司有很好的名聲。

單字遊戲

request [rɪˈkwɛst] 動名 要求, 請求

註：require (v) 要求

This job has been done per your **request**.
如你的要求，這份工作已經完成了。

---

rescue [ˈrɛskjuː] 動名 援救, 營救

Hang on! The **rescue team** will arrive soon.
撐住！救難隊很快就會抵達。

---

research [riˈsɜːtʃ] 名 研究, 調查
researcher [ˈriːsətʃɚ] 名 研究人員

字源：re- (again) + search = 反覆搜尋

A lot of **research** has been done in this field.
這個領域裡已有許多的研究。

---

resemble [rɪˈzɛmbəl] 動 貌似, 類似

Huskies **resemble** wolves in many ways.
哈士奇很多地方都貌似狼。

---

reserve [rɪˈzɝv] 動 保留, 訂房, 訂位
reservation [ˌrɛzɚˈveɪʃən] 名 保留, 訂房, 訂位

字源：re- (back) + serve = 等會再服務

Sorry, but this table has been **reserved**.
抱歉，這張桌子已經被預訂了。

中階英語單字 (R7)

resign [rəˈzaɪn] 動 辭職, 放棄
resignation [ˌrɛzɪɡˈneɪʃən] 名 辭職, 放棄

字源：re- (back) + sign = 簽署回去

同義字：quit

I heard Tom **resigned** in front of his boss.
我聽說 Tom 在他的老闆面前辭職了。

resist [rɪˈzɪst] 動 抵抗, 抗拒
resistance [rɪˈzɪstəns] 名 抵抗, 抗拒

There are always some people who **resist** change.
總是有些人抗拒改變。

resolve [riˈzɑːlv] 動 解決, 根除
resolution [ˌrɛzəˈluːʃən] 名 解決, 根除

字源：re- (again) + solve 解決

This issue has been **resolved**.
這件事情已經受到解決。

resource [ˈriːsɔːrs] 名 資源

字源：re- (again) + source 來源

We must cherish all natural **resources** on Earth.
我們必須珍惜所有地球上的天然資源。

respectable [rɪˈspɛktəbəl] 形 值得尊敬的
respectful [rɪˈspɛktfəl] 形 尊敬人的

註：respect (v) 尊敬

Abraham Lincoln was a **respectable** president in the US.
亞伯拉罕·林肯是一位值得尊敬的美國總統。

單字遊戲

response [rɪˈspɑːns] 名 回答, 回應
responsibility [rɪˌspɑːnsəˈbɪləti] 名 責任

This is your **responsibility**.
這是你的責任。

restore [rəˈstɔːr] 動 重置, 恢復
字源：re- (again) + store 儲存

I have **restored** my energy.
我的體力已經恢復了。

restrict [riˈstrɪkt] 動 限制, 約束
restriction [riˈstrɪkʃən] 名 限制, 約束

Smoking is highly **restricted** in this country.
吸菸在這個國家是高度禁止的。

retain [rɪˈteɪn] 動 保持, 保留

This house **retained** many of its original features.
這棟房子保留了很多它的原始特徵。

retire [rɪˈtaɪr] 動 退休, 退役
retirement 名 退休, 退役
字源：re- + tire ("累"與"休息"在古字同義)

We decide to **retire** at the age of 60.
我們決定在 60 歲時退休。

241

中階英語單字 (R8)

retreat [riˈtriːt] 動 名 撤退

The enemy is too strong! We must **retreat**!
敵人太強了！我們必須撤退！

reunion [riˈuːnjən] 名 團聚, 重聚

字源：re- (again) + union (聚會)

Let's have a **reunion** sometime.
我們某天來聚會吧。

reveal [rɪˈviːl] 動 顯示, 揭發

A secret is **revealed**.
一項秘密被揭發了。

revenge [rɪˈvɛndʒ] 動 名 報仇, 報復

I think animals will **take revenge on** humans one day.
我認為動物有一天會對人類進行報復。

revise [rɪˈvaɪz] 動 修訂, 更改
revision [rɪˈvɪʒən] 名 修訂, 更改

Make sure all your mistakes have been **revised**.
請確保所有的錯誤都已修正好。

單字遊戲

revolution [ˌrɛvəˈluːʃən] 名 革命
revolutionary [ˌrɛvəˈluːʃəˌnɛri] 形 革命的

A **revolution** forced the king to give away his throne.
一場革命逼迫了國王讓出他的王位。

reward [rɪˈwɔːrd] 動 名 報償, 獎勵

Good employees must be **rewarded**!
好員工一定要給予獎勵！

同義字：bonus 紅利

rhyme [ˈraɪm] 動 押韻
rhythm [ˈrɪðəm] 名 押韻

These funny verses actually **rhyme**!
這些有趣的詩詞真的有押韻呢！

ribbon [ˈrɪbən] 名 緞帶

He wrapped the gift and tied it with a **ribbon**.
他把禮物包起來並且用緞帶打上一個結。

rid [ˈrɪd] 動 擺脫, 去除　get rid of~擺脫/去除~

He is a trouble! We need to **get rid of** him.
他是個麻煩！我們需要擺脫他。

243

中階英語單字 (R9)

riddle [ˈrɪdəl] 名 謎語

Here is a **riddle** for you—What can't be used until it's broken? 這裡有個謎語：什麼東西沒有破掉之前無法使用？

ripe [ˈraɪp] 形 (果實)成熟的

Please wait for a few days until the fruit is **ripe**.
請等待幾天水果就會成熟。

risk [ˈrɪsk] 動名 冒險, 風險

Is this worth the **risk**?
這值得冒險嗎？

roar [ˈrɔːr] 動 吼叫

I can hear a tiger **roar** in the jungle.
我可以聽見一隻老虎在叢林裡吼叫。

roast [roʊst] 動名 炙烤 (上下層熱管)

It takes more than an hour to **roast** a whole chicken.
炙烤全雞要花上超過 1 個鐘頭。

同義字：bake 低溫烘培, broil 烤(上層熱管)

單字遊戲

rob [ˈrɑːb] 動 搶劫
robber [ˈrɑːbɚ] 名 搶匪
robbery [ˈrɑːbəri] 名 搶劫案

I met a **robber** on the street!
我在路上遇到了一個搶匪！

robe [roʊb] 名 長袍, 睡袍, 學士服

The king looks majestic with his **robe** on.
國王披上了長袍看起來很尊貴。

rocket [ˈrɑːkɪt] 名 火箭

We are going to send another **rocket** into the space.
我們將要再送一支火箭到外太空。

romantic [roˈmæntɪk] 形 浪漫的
romance [roʊˈmæns] 名 浪漫, 羅曼史

We had a **romantic** wedding in Paris.
我們在巴黎辦了一場浪漫的婚禮。

rot [ˈrɑːt] 動名 腐爛
rotten [ˈrɑːtən] 形 腐爛的, 發臭的

The fruit is **rotten** and smelly. Let's throw it away.
水果腐爛且發臭。我們把它丟掉吧。

245

中階英語單字 (R10)

rough [ˈrʌf] 形 粗糙的
roughly [ˈrʌfli] 副 粗略地, 大約

This pot is made in a **rough** process.
這個甕的製程粗糙。

route [ˈraʊt] 名 路線, 路程

Google Maps says I'm on the best **route**.
Google 地圖說我在最佳路徑上。

routine [ruːˈtiːn] 名 例行公事 形 日常的

Work and sleep are just part of our **daily routine**.
工作與睡眠只是我們每日例行公事中的一部分。

rug [ˈrʌg] 名 小地毯

I accidentally spilled wine on a **rug**.
我不小心把紅酒灑到一片小地毯上了。

ruin [ˈruːɪn] 動 毀滅 名 遺跡

This city is largely **ruined** after a civil war.
在一場公民戰爭之後，這座城市大量毀滅。

同義字：debris, remain

246

單字遊戲

rumor [ˌruːmɚ] 名 傳聞, 謠言

I heard a strange **rumor** this morning.
今天早上我聽到一個奇怪的傳聞。

---

rural [ˈrʊrəl] 形 農村的, 鄉村的

We decide to move to the **rural area** for a quiet life.
我們決定要搬到鄉村地區來過安靜的生活。

---

rush [ˈrʌʃ] 動 名 匆忙

The boss is coming. We need to **rush**.
老闆要來了！我們得快一點。

同義字：hurry, haste

---

rust [ˈrʌst] 動 名 生鏽
rusty [ˈrʌsti] 形 生鏽的

Iron will **rust** if you leave it out in the rain.
如果把鐵放在外面淋雨，鐵是會生鏽的。

中階英語單字 (S1)

sack [ˈsæk] 名 布袋

We bought **a sack of** potatoes from the market.
我們從市場買了一袋馬鈴薯。

---

sacrifice [ˈsækrəˌfaɪs] 動 犧牲 名 祭品

Jesus Christ **made sacrifice** for human beings.
耶穌基督為人類做出了犧牲。

---

sake [ˈseɪk] 名 緣故   for the sake of ~ 由於 ~ 的緣故

For the sake of life and expense, we need to work.
由於生活與花費的緣故，我們需要工作。

---

salary [ˈsæləri] 名 薪水

John received the first **salary** in his life.
John 收到了人生第一份薪水。

同義字：income 收入, wage 月薪

---

satellite [ˈsætəˌlaɪt] 形 衛星的 名 衛星

Starlink has more than 4,500 **satellites** in the sky.
星鏈有超過 4500 顆衛星在天空運轉。

單字遊戲

satisfactory [ˌsætəsˈfæktərɪ] 形 令人滿意的
satisfaction [ˌsætəsˈfækʃən] 名 滿意,滿足
註：satisfy (v) 使~滿足

Your <u>satisfaction</u> is our priority.
您的<u>滿意</u>是我們的宗旨。

sauce [ˈsɔs] 名 醬汁
saucer [ˈsɔsɚ] 名 小碟子

She carefully poured soy sauce into her <u>saucer</u>.
她小心地將醬油倒入<u>小碟子</u>裡。

sausage [ˈsɔsədʒ] 名 香腸

I love <u>sausages</u>. They taste yummy!
我熱愛<u>香腸</u>。它們味道很棒！

saving [ˈsevɪŋ] 名 儲蓄
註：save (v) 存錢

He spent up all his <u>savings</u> on a house.
他花光所有的<u>積蓄</u>買一棟房子。

scale [ˈskel] 名 尺度,磅秤

Please step onto the <u>scale</u>.
請站到<u>磅秤</u>上來。

中階英語單字 (S2)

scarf [ˈskɑːrf] 名 圍巾

He wrapped a **scarf** around his neck.
他將一條圍巾圍繞在脖子上。

---

scary [ˈskɛri] 形 嚇人的, 可怕的

註：scare (v) 嚇人

I witnessed a murder. That was **scary**!
我目擊一場謀殺事件！好嚇人喔！

---

scatter [ˈskætɚ] 動 分散, 零星分佈
scarce [ˈskɛrs] 形 缺乏的, 稀疏的
scarcely [ˈskɛrsli] 副 幾乎不, 幾乎沒有

His money is all **scattered** on the ground.
他的錢全都散落在地面上了。

---

scenery [ˈsiːnəri] 名 風景

註：scene 風景

We marveled at the splendor of the **scenery**.
我們為此壯麗景色深感驚嘆。

---

scholar [ˈskɑːlɚ] 名 學者   註：school 學校
scholarship 名 獎學金

I applied for a Ph.D. **scholarship**.
我申請了一份博士學位的獎學金。

250

單字遊戲

scientific [ˌsaɪənˈtɪfɪk] 形 科學的
scientist [ˈsaɪəntɪst] 名 科學家
註：science 科學

I want to be a **scientist** one day.
有一天我想要成為一位科學家。

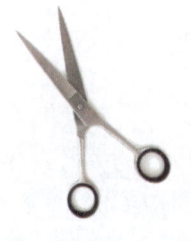

scissors [ˈsɪzɚz] 名 剪刀

These **scissors** cut very well.
這些剪刀很銳利。

scold [skoʊld] 動 責罵, 斥責

An employee **is scolded for** cheating.
一位員工因欺騙而遭受斥責。

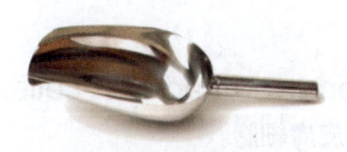

scoop [ˈskuːp] 名 勺子 動 用勺子撈

The bartender put **a scoop of** ice into the glass.
調酒師鏟起一勺子的冰塊放入了玻璃杯中。

scout [ˈskaʊt] 名 斥候, 童子軍

I was a **boy scout** before.
我以前是童子軍。

中階英語單字 (S3)

scratch [ˈskrætʃ] 動名 抓癢, 擦傷

She is **scratching** her mosquito bite.
她正在蚊子叮咬處抓癢。

scream [ˈskriːm] 動名 尖叫, 大叫

Someone is **screaming**!
有人在尖叫。

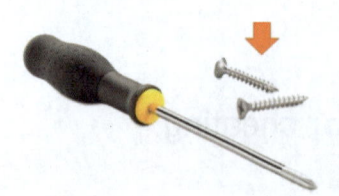

同義字：shriek

screw [ˈskruː] 名 螺絲

I need a screwdriver and some **screws**.
我需要一支螺絲起子和一些螺絲。

scrub [ˈskrʌb] 動名 搓揉

Gently **scrub** your skin to remove dead skin cells.
輕輕地搓揉你的皮膚來移除死去的皮膚細胞。

sculpture [ˈskʌlptʃɚ] 名 雕刻品

This is a beautiful piece of **sculpture**.
這是一座漂亮的雕刻品。

單字遊戲

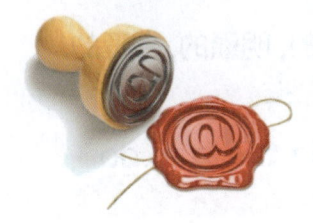

seal [ˈsiːl] 動 密封 名 封印, 印章

He **sealed** up his envelope with his name.
他在信封上以他的名字蓋章封印。

secure [sɪˈkjʊr] 動 保障 形 安全的
security [sɪˈkjʊrəti] 名 安全, 保障

The antivirus system will keep the computer **secured**.
病毒防護系統會保障電腦安全。

seize [siːz] 動 抓住

Seize the day and **seize** the chance.
把握時光，抓住機會。

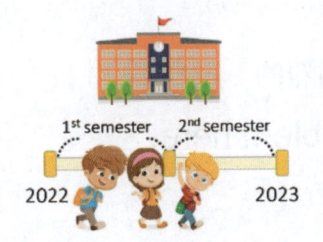

semester [səˈmɛstɚ] 名 學期

I passed all classes **this semester**.
我通過了這個學期所有的課程。

senior [ˈsiːnjɚ] 形 年長的, 高階的

I am a **senior high school** student.
我是一名高中生。

253

中階英語單字 (S4)

sensible [ˈsɛnsəbəl] 形 有感的, 明顯的, 合理的

註：sense (n) 感覺

I think it would be **a sensible thing** to do.
我認為這麼做是合理的。

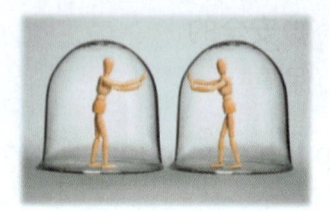

---

separation [ˌsɛpəˈreɪʃən] 名 分離

註：separate (v) 分離

Separation usually leads a couple to divorce.
分離經常導致一對夫妻離婚。

---

settler [ˈsɛtələ˞] 名 開拓者, 定居者

註：settle (v) 開拓, 定居

The early **settlers** faced many hardships.
早期的拓荒者面臨到許多困難。

---

severe [səˈvɪr] 形 嚴重的, 劇烈的

We are facing a **severe** problem here.
我們正面臨一個嚴重的問題。

---

sew [ˈsoʊ] 動 縫補

I need a tailor to **sew** my dress.
我需要一位裁縫師來縫補我的洋裝。

註：tailor 裁縫師

單字遊戲

sexual [ˈsɛkʃuːəl] 形 性的, 性慾的
sexy [ˈsɛksi] 形 性感的
註：sex (n) 性別, 性行為

Sexual orientation is usually determined at birth.
性向通常是出生時就決定的。

---

shadow [ˈʃæˌdoʊ] 名 影子
shade [ˈʃeɪd] 名 陰暗處 動 遮蔽
shady [ˈʃeɪdi] 形 陰暗的, 不老實的

The **shadow** moves with the sun.
影子隨著太陽而移動。

---

shallow [ˈʃæloʊ] 形 淺的

This container is too **shallow**. We need a deep one.
這個容器太淺了。我們需要一個深的。

---

shameful [ˈʃeɪmfəl] 形 可恥的, 丟臉的
註：shame 羞愧

What you did was **shameful**!
妳所做的事情真是可恥！

---

shampoo [ʃæmˈpuː] 名 洗髮精

Should I use **shampoo** every day?
我應該每天使用洗髮精嗎？

中階英語單字 (S5)

shave [ˈʃeɪv] 動 刮鬍子

I need to **shave** twice a day.
我一天需要刮鬍子兩次。

---

shelter [ˈʃɛltɚ] 動 庇護 名 避難所

We provide **shelter** to the needy.
我們提供避難所給需要的人。

---

shepherd [ˈʃɛpɚd] 名 牧羊人

註：sheep (n) 綿羊

Jacob is a good **shepherd**.
Jacob 是一位好的牧羊人。

---

shift [ʃɪft] 動 名 移位

The land **shifted** after a big earthquake.
這片土地在一場大地震後位移了。

---

shiny [ˈʃaɪni] 形 照耀的, 發光的

註：shine (v) 閃爍

The mirror is **shiny** like a crystal.
這鏡子像水晶般閃耀。

基礎衍生字彙 → **shortly** 副 短暫, 不久　**shorten** 動 變短, 縮短

256

單字遊戲

shovel [ˈʃʌvəl] 動 名 鏟子(挖)

My dad is **shoveling** snow in the backyard.
我的老爸在後院鏟雪。

shrimp [ˈʃrɪmp] 名 蝦子

Some people are allergic to **shrimp**.
有些人對蝦子過敏。

shrink [ˈʃrɪŋk] 動 縮短, 收縮

My wool sweater **shrank** in the washer.
我的羊毛衣在洗衣機裡縮水了。

sigh [ˈsaɪ] 動 名 嘆氣

She **let out a** long **sigh** after a long day of work.
在一整天長時間的工作之後她深深嘆了一口氣。

sightseeing [ˈsaɪtˌsiːɪŋ] 名 觀光, 遊覽

註：sight (n) 視野

The city offers plenty of opportunities for **sightseeing**.
這座城市提供著很多觀光的機會。

似：view 風景, 畫面

中階英語單字 (S6)

signal [ˈsɪgnəl] 動 發信號 名 信號

My cellphone is losing **signals**.
我的手機正在失去信號。

---

signature [ˈsɪgnətʃɚ] 名 簽名　註：sign (v) 簽名
significant [sɪgˈnɪfɪkənt] 形 有意義的
significance [sɪgˈnɪfɪkəns] 形 意義, 重要性

Can I have your **signature** here?
可以麻煩你在這裡簽名嗎？

---

silk [ˈsɪlk] 名 蠶絲

Her **silk** dress looks beautiful.
她的蠶絲洋裝看起來好漂亮。

---

similarity [ˌsɪmɪˈlɛrəti] 名 相似度
註：similar (a) 相似的

There are some basic **similarities** between them.
他們之間有一些基本的相似處。

---

sin [ˈsɪn] 名 罪孽, 罪惡

Is it a **sin** to tell a lie?
撒謊是一種罪孽嗎？

258

單字遊戲

sincere [ˌsɪnˈsɪr] 形 誠懇的
sincerity [ˌsɪnˈsɛrətɪ] 名 誠懇

Let me give you my **sincere** advice.
讓我給你我誠摯的建議。

singular [ˈsɪŋgjulɚ] 形 單一的
註：single (a) 單身的

The word "I" or "me" is a **singular** pronoun.
「I」或「me」都是單數的代名詞。

sink [ˈsɪŋk] 動 下沉 名 洗手槽

Help! I'm **sinking**!
救命！我正在下沉！

sip [ˈsɪp] 動 名 小酌一口

Don't worry. I'll just have a **sip**.
別擔心。我就喝一小口。

site [ˈsaɪt] 名 地點, 場所, 網站
situation [ˌsɪtʃuˈeɪʃən] 名 處境, 狀況

Please visit our **site**.
歡迎造訪我們的網站。

中階英語單字 (S7)

skate [ˈskeɪt] 動 溜冰 名 溜冰鞋

I am pretty good at **ice skating**.
我很擅溜冰。

---

sketch [ˈskɛtʃ] 動 名 素描

That's a beautiful **sketch** you made.
你畫了一個很棒的素描。

---

ski [ˈskiː] 動 名 滑雪

I am pretty good at **skiing**.
我很擅長滑雪。

---

skillful [ˈskɪlfəl] 形 熟練的, 靈巧的

註：skill (n) 技術

Jenny is a **skillful** worker.
Jenny 是一位靈巧的員工。

---

skinny [ˈskɪni] 形 瘦骨如柴的

註：skin (n) 皮膚

This girl is too **skinny**.
這個女孩太瘦了。

單字遊戲

skip [ˈskɪp] 動 略過, 跳過

I never **skip classes**.
我從不蹺課。

skyscraper [ˈskaɪˌskrɛpɚ] 名 摩天大樓

The **skyscraper** stretches high into the sky.
這座摩天大樓伸入天際。

slave [sˈleɪv] 名 奴隸

Are we **slaves** to our pets?
我們是寵物的奴隸嗎？

sleeve [sˈliːv] 名 袖子, 袖套

People wear **long sleeves** in winter.
人們在冬季時穿長袖衣服。

slender [sˈlɛndɚ] 形 纖細的, 苗條的

The model looks slim and **slender**.
這位模特兒看起來纖細且苗條。

同義字：slim 苗條的

中階英語單字 (S8)

slice [sˈlaɪs] 動 切成薄片 名 薄片

I put **a slice of** lemon in water to add flavor.
我在水裡放入了一片檸檬來添增風味。

slight [ˈslaɪt] 形 輕微的

Come on. You only got a **slight** fever. You are fine.
拜託。你只是輕微的發燒。你沒事的。

slippery [sˈlɪpəri] 形 滑滑的

註：slip (v) 滑

The floor is wet and **slippery**.
這地板又濕又滑。

slogan [ˈsloʊɡən] 名 口號, 標語

People like catchy **slogans**.
人們喜歡吸引人的標語。

slope [sloʊp] 名 斜坡
steep [ˈstiːp] 形 陡峭的

There is a very **steep slope** on my way home.
我回家的路上有一條很陡峭的斜坡。

262

單字遊戲

snap [ˈsnæp] 動 名 拍照, 快照

He quickly **snapped a picture** with his cellphone.
他快速的用手機拍了一張照片。

socket [ˈsɑkɪt] 名 插座

He plugged the charger into the **socket** to charge his phone. 他將充電線插入插座裡面來為自己手機充電。

同義字：outlet

基礎衍生字彙 ➔ **software** 名 軟體

solar [ˈsoʊlɚ] 形 太陽的

Solar energy is considered as green energy.
太陽能被視為綠色能源。

solid [ˈsɑːlɪd] 形 堅固的 名 固體

Water exists in three states—**solid**, liquid or gas.
水存在於三種狀態—固體、液體、或氣體。

someday 名 某天
somehow 副 某個原因, 不知為什麼
sometime 名 某個時候

some 一些

中階英語單字 (S9)

sorrow [ˈsɑːroʊ] 名 憂傷

Her dog died and she is in deep **sorrow**.
她的過世了而她正處深度憂傷。

同義字：distress, grief

---

spade [ˈspeɪd] 名 鍬, (撲克牌) 黑桃

The kids are digging holes with the **spade** I bought.
孩子們正在用我買的鏟子挖洞。

---

spaghetti [spəˈgɛti] 名 義大利麵

I made **spaghetti** with tomato sauce.
我用做了番茄醬義大利麵。

---

spare [ˈspɛr] 形 備用的, 多的 動 施捨

Keep a **spare tire** in your car in case of need.
車子裡面放一顆備胎以防突發狀況。

---

spark [ˈspɑːrk] 動 名 火花

A single **spark** can start a prairie fire.
欣欣之火可以燎原。

264

單字遊戲

spear [ˈspɪr] 名 矛, 魚叉

Ancient soldiers use swords and **spears** to kill.
古代的士兵使用刀劍與長矛來殺敵人。

species [ˈspiːʃiz] 名 品種, 物種
specific [spəˈsɪfɪk] 形 具體的, 特定的 似：special (a) 特別的

Guinea pigs and pigs are two different **species**.
天竺鼠和豬是兩種不同的物種。

spice [ˈspaɪs] 名 香料, 辛辣, 風味

Variety is the **spice** of life.
變化是生活中的風味。

spill [ˈspɪl] 動 溢出, 打翻
splash [ˈsplæʃ] 動 潑灑, 濺出

Sorry, I **spilled** my coffee.
真抱歉我把咖啡打翻了。

spin [ˈspɪn] 動 名 旋轉, 自旋

My kid is obsessed with **spinning** objects.
我的小孩對旋轉的東西很著迷。

中階英語單字 (S10)

spinach [ˈspɪnətʃ] 名 菠菜

Spinach is great for salad.
菠菜很適合製作沙拉。

---

spiritual [ˈspɪrɪtʃuəl] 形 心靈的

註：spirit (n) 靈魂

I believe most people are **spiritually** good.
我相信大多數的人心靈上是善良的。

---

spit [ˈspɪt] 動名 吐口水

Don't **spit** on the ground! It's disgusting.
不要隨地吐口水。真噁心！

---

spite [ˈspaɪt] 名 不管, 儘管

in spite of ~ 儘管 (= despite)

We went on a boat ride **in spite of** the rain.
儘管下雨我們還是搭船出去玩了一下。

連接詞

參照 spill → **splash** [ˈsplæʃ] 動 灑出, 濺出

---

splendid [ˈsplɛndɪd] 形 燦爛的, 傑出的

Today, we had a **splendid time** together.
今天，我們共渡了一個燦爛的時光。

單字遊戲

split [ˈsplɪt] 動 分開, 剖開

Let's **split** it in half.
我們將它分成一半吧。

spoil [ˌspɔɪl] 動 寵壞, 溺愛

This kid is totally **spoiled**.
這小孩完全被寵壞了。

spray [ˈspreɪ] 動 噴 名 噴霧

He **sprayed** his room with pesticides to kill bugs.
他在房間噴灑殺蟲劑來滅蟲。

sprinkle [ˈsprɪŋkəl] 動 灑水 名 稀疏小雨

He turned on the tap to **sprinkle** the grass.
他打開了水龍頭對草地進行灑水。

spy [ˈspaɪ] 動 名 間諜

I think there is a **spy** among us.
我認為我們之間有一個間諜。

中階英語單字 (S11)

squeeze [ˈskwiːz] 動 名 擠壓, 壓榨

People **squeeze** lemon on fish to enrich flavors.
人們擠壓檸檬在魚上面來提味。

---

squirrel [ˈskwɜːrəl] 名 松鼠

Squirrels are cute. But they aren't good pets.
松鼠很可愛。但牠們不適合當寵物。

---

stab [ˈstæb] 動 刺, 戳

A man was **stabbed** in the back!
一名男子被人從背後戳刺下去。

---

stable [ˈsteɪbəl] 形 穩定的, 牢固的
steady [ˈstɛdi] 形 平穩定的

They have a **stable** relationship.
他們有著穩固的關係。

---

stadium [ˈsteɪdiəm] 名 運動場, 舞台

This city is building a new **stadium** for games.
這座城市正在蓋一座新的舞台來舉辦比賽。

同義字：arena

單字遊戲

staff [ˈstæf] 名 職員

We have the best **staff** in our company.
我們公司有最棒的員工。

stale [ˈsteɪl] 形 不新鮮的, 陳舊的

The egg is getting **stale**.
這顆雞蛋越來越不新鮮。

stare [ˈstɛr] 動名 盯著, 凝視

Why are you **staring at** me?
你幹嘛盯著我看？

starve [ˈstɑːrv] 動 飢餓

Do you have food? I'm **starving**.
你有食物嗎？我好餓喔。

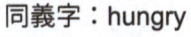

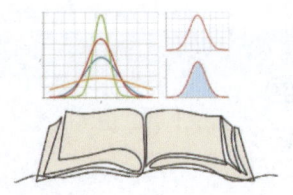

同義字：hungry

statistics [stəˈtɪstɪks] 名 統計學

Statistics is the basis of all data analytics.
統計學是所有資料分析的基礎。

269

中階英語單字 (S12)

statue [ˈstæˌtʃuː] 名 雕像

This is the famous **statue** of *David* by Michelangelo.
這是出自米開朗基羅的知名大衛雕像。

status [ˈstætəs] 名 狀態, 身份, 地位

註：state (v) 陳述 (n) 洲

Politicians typically enjoy a high **social status**.
政治人物一般來說享受著崇高的社會地位。

steal [ˈstiːl] 動 偷竊

Someone is **stealing** her money!
有人在偷她的錢！

參照 stable ➔ **steady** [ˈstɛdi] 形 平穩的

---

steam [ˈstiːm] 動 蒸 名 蒸氣

Be careful. The **steam** is very hot!
小心。蒸氣非常燙。

參照 slope ➔ **steep** [ˈstiːp] 形 陡峭的

---

stem [ˈstɛm] 動 起源於 名 莖

Peace **stems from** love.
和平源自於愛。

單字遊戲

stereo [ˈstɛrɪˌoʊ] 名 音響

He turned up the volume on the **stereo**.
他將音響的聲音調高。

---

sticky [ˈstɪki] 形 黏的

註：stick (n) 竿子、卡住、黏住

There's something **sticky** here.
這裡有什麼東西黏黏的。

---

stiff [ˈstɪf] 形 僵硬的

My shoulder is getting **stiff**.
我的肩膀變得僵硬。

---

sting [ˈstɪŋ] 動 名 刺, 螫, 叮
stingy [ˈstɪndʒi] 形 小氣的

Be careful. Wasps may **sting** people for no reason!
小心。黃蜂沒事也會螫人！

---

stir [ˈstɝ] 動 名 攪拌

Keep **stirring** until the sugar dissolves.
持續攪拌至糖溶解。

271

中階英語單字 (S13)

stitch [ˈstɪtʃ] 動 縫 名 縫針

This button needs to be **stitched** back to the shirt.
這顆鈕扣需要用針縫回去這件襯衫上。

stockings [ˈstɑːkɪŋs] 名 長襪, 絲襪

She rolled up her **stockings**.
她拉起了她的長襪。

stomach [ˈstʌmək] 名 胃

I don't feel right with my **stomach**.
我的胃不太對勁。

stool [ˈstuːl] 名 凳子

A cat jumped onto a **stool** and sat down.
一隻貓咪跳上了凳子並坐下來。

stormy [ˈstɔːrmi] 形 暴風的

註：storm (n) 暴風

The weather is **stormy** outside.
外面天氣狂風暴雨。

單字遊戲

stove [stoʊv] 名 爐灶

Always be careful when you use the **stove**.
使用瓦斯爐要小心。

strategy [ˈstrætədʒi] 名 策略, 計謀

We need a flexible **strategy** to win this game.
我們需要一個靈活的策略來贏得這場比賽。

同義字：tactics 戰略

straw [ˈstrɒ] 名 稻草, 吸管

註：strawberry 草莓

It was the last **straw** that broke the camel's back.
這是壓垮駱駝的最後一根稻草。

strength [ˈstrɛnθ] 名 力量, 強項
strengthen [ˈstrɛnθən] 動 增強

註：strong (a) 強大的

He thinks he has a mighty **strength**.
他認為他有很大的力量。

strip [ˈstrɪp] 動 扯掉、撕掉 名 一條

We need to **strip off** the old wallpaper.
我們需要撕掉舊的壁紙。

中階英語單字 (S14)

stripe [ˈstraɪp] 名 條紋, 斑紋, 線

The angel fish has beautiful **stripes** on the body.
神仙魚身上有漂亮的斑紋。

strive [ˈstraɪv] 動 努力, 奮鬥, 反抗

He always **strives** to be perfect.
他總是努力追求完美。

stroke [stroʊk] 名 打擊, 中風, 撫摸(動物)

註：strike (v) 雷擊　　註：at a stroke 一夕之間

Attitude cannot be changed **at a stroke**.
態度不可能一夕之間改變的。

structure [ˈstrʌktʃɚ] 名 結構, 構造

This **structure** isn't safe.
這個結構並不安全。

stubborn [ˈstʌbɚn] 形 頑固的, 倔強的

My brother is very **stubborn**.
我的哥哥非常的頑固。

同義字：obstinate

單字遊戲

studio [ˈstuːdiˌoʊ] 名 工作室, 照相館

I have a small **studio**.
我有一個小間的工作室。

stuff [ˈstʌf] 名 物品 動 填塞東西

Don't touch my **stuff**!
不要碰我的物品。

同義字：thing

submarine [ˈsʌbməˌrin] 形 海底的 名 潛水艇
字源：sub- (下面) + marine (a) 海洋的

The **submarine** submerged to avoid attacks.
潛水艇潛入了海裡來躲避攻擊。

substance [ˈsʌbstəns] 名 物質

Water is the most important **substance** to life.
水對生命來說是最重要的物質。

subtract [səbˈtrækt] 動 抽走, 扣除, 減去
註：subtraction (n) 減法　字源：sub- (下面) + take (v) 帶走

Subtract one **from** three, you get two.
三減去一得到二。

同義字：minus, reduce, deduct

275

中階英語單字 (S15)

suburb [ˈsʌbɚb] 名 郊區
字源：sub- (下面/次要) + urban (a) 都市的

The city is too crowded. I prefer living in the **suburb**.
都市太擁擠了。我偏好住在郊區。

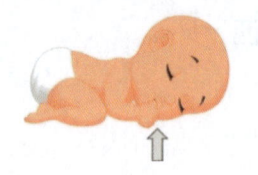

suck [ˈsʌk] 動 吸吮

My baby **sucks** her finger. Is that okay?
我的寶寶吸允著她的手指頭。這樣是 ok 的嗎？

sue [ˈsuː] 動 起訴, 控告

This man **is sued for** stealing.
這名男子被人以偷竊起訴。

suffer [ˈsʌfɚ] 動 遭受, 受苦

This kid is **suffering from** stomachache.
這孩子正遭受胃痛之苦。

sufficient [səˈfɪʃənt] 形 足夠的, 充分的

I think the money I made is **sufficient** for me.
我想我所賺的錢對我來說很充足。

同義字：adequate, enough

單字遊戲

suggestion [səgˈdʒɛstʃən] 名 建議　註：suggest (v) 建議

Maybe I should take your **suggestion**.
也許我應該採取你的建議。

同義字：recommend

---

suicide [ˈsuːɪˌsaɪd] 名 自殺

A man **committed suicide** last night.
一名男子昨晚自殺了。

---

sum [ˈsʌm] 動 加總　名 總合
summary [ˈsʌməri] 名 總結, 摘要
summarize [ˈsʌməˌraɪz] 動 總結

The **sum** of twenty and ten is thirty.
二十與十的總合是三十。

---

summit [ˈsʌmɪt] 名 頂峰, 頂點, 最高會議

We arrived on **the summit of** the mountain peak.
我們抵達了山鋒處的最高點。

同義字：peak (n) 高峰

---

superior [suːˈpɪriɚ] 形 高級的, 卓越的　名 上司
註：super (a) 超級的

That's a **superior** decision you made.
你作了一個卓越的決定。

中階英語單字 (S16)

surgeon [ˈsɜːdʒən] 名 外科醫生
surgery [ˈsɜːdʒəri] 名 外科手術

My dad is a **surgeon**.
我的爸爸是一名外科醫生。

---

surrender [səˈrɛndɚ] 動 名 投降

I **surrender**! Please stop.
我投降！請停止！

---

surround [səˈraʊnd] 動 圍繞

註：surrounding (n) 周遭的事物

She is always **surrounded** by her friends.
她身邊總是有朋友圍繞著。

---

survey [sɚˈveɪ] 名 意見調查、勘查

Why don't we take a public **survey**?
我們何不進行一項大眾的意見調查？

---

survivor [sɚˈvaɪvɚ] 名 生還者

註：survive (v) 倖存, 生存

There are not many **survivors** from this shipwreck.
這次的船難生還者不多。

278

單字遊戲

suspect [səˈspɛkt] 名 嫌疑犯, 可疑分子
suspicion [səˈspɪʃən] 名 猜疑
suspicious [səˈspɪʃəs] 形 可疑的

He is more **suspicious** than the other suspects.
他比起其他嫌疑犯更可疑。

---

swan [ˈswɑːn] 名 天鵝

Swans are beautiful waterbirds.
天鵝是很漂亮水鳥。

---

sway [ˈsweɪ] 動 名 搖擺

He is **swaying** back and forth.
他前後擺盪著。

同義字：swing

---

swear [ˈswɛr] 動 發誓

I won't lie to you. I **swear**.
我不會騙你的。我發誓。

同義字：vow, oath

---

sweat [ˈswɛt] 動 出汗 名 汗水   註：sweater (n) 毛衣

It's so hot. I've been **sweating**.
天氣好熱喔。我一直流汗。

中階英語單字 (S17)

swell [ˈswɛl] 動 腫脹

Your face looks **swollen**. What happened?
你的臉看起來腫腫的。發生什麼事了？

---

swift [ˈswɪft] 形 迅速的

He made a **swift decision** to save his company.
他做了一項迅速的決策來拯救他的公司。

同義字：rapid

---

sword [ˈsɔːrd] 名 劍

He waved his **sword** in the air.
他在空中揮舞著他的寶劍。

---

syllable [ˈsɪləbəl] 名 音節

The word "syllable" has three **syllables**.
「Syllable」這個字有三個音節。

---

sympathy [ˈsɪmpəθi] 名 同情心
sympathetic [ˌsɪmpəˈθɛtɪk] 形 同情的

They showed **sympathy** to their friend.
他們對朋友表達同情心。

同義字：compassion

280

單字遊戲

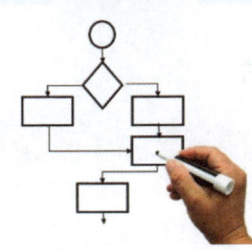

systematic [ˌsɪstəˈmætɪk] 形 有系統的
註：system (n) 系統

We need a **systematic approach** to solve the problem.
我們需要了一個系統性的方法來解決這個問題。

中階英語單字 (T1)

tablet [ˈtæblɪt] 名 平板電腦, 藥片

I bought a new **tablet** for work.
我買了一台新的平板電腦在工作上使用。

tag [ˈtæɡ] 名 標籤, 掛牌　動 貼標籤

This product is missing a **price tag**.
這項產品少了價格掛牌。

tailor [ˈteɪlɚ] 動 裁縫　名 裁縫師

This dress is made by a **tailor** in Paris.
這件洋裝是由一位巴黎的裁縫師所製成。

似：sew 縫補

---

talent [ˈtælənt] 名 天份, 才華

She has a great **talent** for music.
她對音樂有天份。

talkative [ˈtɔːkətɪv] 形 愛說話的

註：talk (v) 說話

Mary and Jane are **talkative**.
Mary 和 Jane 很愛說話。

282

單字遊戲

tame [ˈteɪm]　形 溫馴的　動 馴服

Wow, this lion is so **tame**.
哇，這隻獅子好溫馴喔。

tangerine [ˌtændʒəˈriːn]　名 橘子

Tangerines are smaller than oranges.
柑橘比橘子小一些。

tank [ˈtæŋk]　名 坦克, 水箱

Tanks were invented during WWI.
坦克是在一次世界大戰期間發明出來的。

tap [ˈtæp]　動 輕拍　名 水龍頭 (=faucet)

Just lightly **tap** your screen to wake up the phone.
只要輕微觸碰你的螢幕，手機就會喚醒。

tasty [ˈteɪsti]　形 美味的

註：taste (n) 味道

The food in this restaurant is so **tasty**.
這間餐廳的食物好好吃喔。

同義字：delicious

中階英語單字 (T2)

tease [ˈtiːz] 動 調戲, 戲弄

Tom, stop **teasing** your sister.
Tom，停止戲弄你的妹妹！

technical [ˈtɛknɪkəl] 形 技術性的
technician [tɛkˈnɪʃən] 名 技術人員, 技師
technique [tɛkˈniːk] 名 技巧, 技術
technological [ˌtɛknəˈlɑːdʒɪkəl] 形 科技的

We are facing some **technical problems** here.
我們在這裡面臨到了一些技術性的問題。

註：technology 科技

---

teenage [ˈtiːˌneɪdʒ] 形 青少年的

註：teens 青少年

Teenage kids start developing strong thoughts.
青少年小孩開始發展出強烈的意識。

telegraph [ˈtɛləˌɡræf] 名 電報, 電信

註：tele- (傳輸) + graph 圖形

People used to send messages by **telegraph**.
人們曾經用電報傳送訊息。

telescope [ˈtɛləskoʊp] 名 望遠鏡

註：tele- (遠端) + scope 範圍

We can watch stars with a **telescope**.
我們可以用望眼鏡看星星。

單字遊戲

temper [ˈtɛmpɚ] 名 脾氣　　註：temperature (n) 溫度

Jonny has a bad **temper**.
Jonny 的脾氣不好。

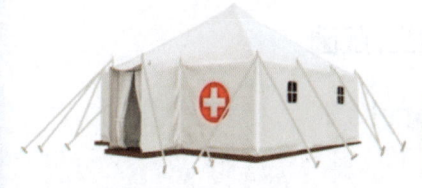

temporary [ˈtɛmpəˌrɛri] 形 臨時的, 暫時的

We need to build some **temporary** hospitals here.
我們需要在這裡蓋一些臨時醫院。

參照 trend → **tend** 動 趨勢, 傾向　**tendency** 名 趨勢, 傾向

tender [ˈtɛndɚ] 形 溫柔的, 鮮嫩的　名 嫩雞胸肉

We can fry some **chicken tenders** for lunch.
我們可以煎一些嫩雞胸肉來當午餐。

tense [ˈtɛns] 形 繃緊的 動 拉緊
tension [ˈtɛnʃən] 名 緊張, 張力

I can feel the **tension** of the exams.
我可以感受到考試的緊張。

同義字：stress 壓力

tent [ˈtɛnt] 名 帳篷

I have **set up the tent** for our camping tonight.
我已經為我們今晚的露營設置好帳篷。

285

中階英語單字 (T3)

terrific [təˈrɪfɪk] 形 超厲害的, 可怕的

Wow, that was **terrific**!
哇，這太厲害了。

territory [ˈtɛrəˌtɔːri] 名 領土, 版圖

Hey, you are in my **territory**!
嘿，你在我的領土內。

terror [ˈtɛrɚ] 名 恐怖, 驚駭

The city was under attack and people fled in **terror**.
這座城市遭受攻擊而人們驚慌逃跑。

基礎衍生字彙 ➔ **thankful** 形 感激的

theme [ˈθiːm] 名 主旨 (中心思想)

The topic is "Dog Adoption," and the **theme** is "Love."
這次的主題是「收養狗狗」，而主旨是「愛」。

註：topic 主題 (題材)

theory [ˈθɪri] 名 學說, 論說

Darwin's *Theory of Evolution* is just a **theory**.
達爾文的《演化論》只是一個理論。

單字遊戲

thirst [ˈθɝːst] 動 名 渴望

This man is suffering from hunger and **thirst**.
這名男子身處飢餓與口渴。

thorough [ˈθɝːoʊ] 形 徹底的, 全面的

I will wipe them out **thoroughly**.
我會將他們徹底殲滅。

thoughtful [ˈθɒtfəl] 形 考慮周到的, 體貼的

註：thought (n) 想法; think (v) 思考

Tom is a **thoughtful** boy.
Tom 是一位考慮周到的男孩。

thread [ˈθrɛd] 名 線

I am good at the needle and **thread**.
我擅長使用針線。

threat [ˈθrɛt] 名 威脅, 恐嚇
threaten [ˈθrɛtən] 動 威脅, 恐嚇

He is **threatening** to hurt my family. What can I do?
他正在威脅要傷害我家人。我該怎麼做？

287

中階英語單字 (T4)

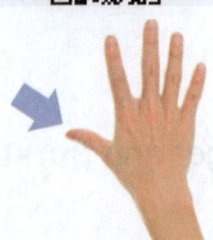

thumb [ˈθʌm] 名 大拇指

Give me a **thumb up** if you like my video.
如果你喜歡我的影片，請給我一個大拇指（讚）。

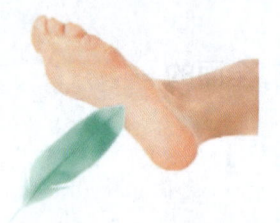

tickle [ˈtɪkəl] 動 搔癢, 逗笑

Hey, stop **tickling** my feet!
嘿，不要再搔癢我的腳。

tide [ˈtaɪd] 名 潮汐, 潮水

Tides are caused by the Moon.
潮汐是由月亮所造成的。

似：wave 波浪

tight [ˈtaɪt] 形 緊的
tighten [ˈtaɪtən] 動 弄緊, 繃緊

These jeans are too **tight**!
這間牛仔褲好緊喔！

timber [ˈtɪmbɚ] 名 木條

The **timber** started to decay in the rain.
木條在雨水中開始腐蝕了。

288

單字遊戲

timetable [ˈtaɪmˌteɪbəl] 名 時程表

The **timetable** shows we are 10 minutes to board.
時程表顯示我們再 10 分鐘開始登機。

timid [ˈtɪmɪd] 形 膽小的, 羞怯的

I can't believe he is a **timid** person.
我無法相信他是一個膽小鬼。

tobacco [təˈbæˌkoʊ] 名 菸草

Do you know how to roll a cigarette with **tobacco**?
你知道該怎麼樣用菸草捲菸嗎？

tolerate [ˈtɑːləˌrɛt] 動 容忍
tolerable [ˈtɑːlərəbəl] 形 可容忍的
tolerance [ˈtɑːlərɛns] 名 容忍
tolerant [ˈtɑːlərɛnt] 形 容忍的

I can't **tolerable** him anymore!
我再也無法忍受他了！

tomb [ˈtuːm] 名 墓, 墓碑

I heard there is a **tomb** in this mountain.
我聽說這座山裡有一座墳墓。

同義字：grave

中階英語單字 (T5)

ton ['tʌn] 名 公噸

A **ton** is equivalent to a thousand kilograms.
一公噸等同於 1000 公斤。

tortoise ['tɔːrtəs] 名 陸龜

The **tortoise** won the race when the hare fell asleep.
當兔子在睡覺時，烏龜贏得了比賽。

torture ['tɔːrtʃɚ] 動 名 拷打, 折磨

The prisoners will be **tortured** to death.
這些囚犯將會被折磨至死。

toss ['tɒs] 動 名 拋, 擲(硬幣)

Let's **toss** the coin to decide.
我們投擲錢幣來決定吧。

tough ['tʌf] 形 堅強的, 艱難的

Only the **tough** person can do a tough job.
只有堅強的人才能做困艱難的工作。

單字遊戲

tourist [ˈtʊˌrɪst] 名 旅客, 觀光者 註：tour (n) 旅遊
tourism [ˈtʊˌrɪzəm] 名 旅遊業, 觀光

The **tourists** are following their tour guide.
旅客們跟著他們的導遊走。

---

tow [ˈtoʊ] 動 拖吊 名 拖吊車

Don't leave your car here, or it will be **towed**.
不要把你的車子留在這裡，不然會被拖吊喔。

---

tower [ˈtaʊɚ] 名 塔

The Eiffel Tower is a symbol of Paris.
艾菲爾鐵塔是巴黎的象徵。

---

trace [ˈtreɪs] 名 痕跡 動 追朔
trail [ˈtreɪl] 名 軌跡

The driver quickly ran away and left a lot of **traces**.
司機很快速的駛離並留下了很多痕跡。

---

trader [ˈtreɪdɚ] 名 商人, 交易人
註：trade (v) 貿易

I'm a **trader**. I do international trade.
我是一名貿易商。我做國際貿易。

中階英語單字 (T6)

tragic [ˈtrædʒɪk] 形 悲慘的, 不幸的
tragedy [ˈtrædʒədi] 名 悲劇

Sometimes plastic surgery ends up as a **tragedy**.
有時候整形手術的結果是一場悲劇。

參照 trace ➡ **trail** 名 軌跡

transfer [ˈtrænsfɚ] 動 名 轉換、轉帳

I will **transfer** some money to your account.
我會轉匯一些錢到你的帳戶裡。

transform [ˈtrænsfɔːrm] 動 變形, 變化

註：trans- (轉換) + form 型態

In *Transformers*, cars can **transform** into robots.
在電影《變形金剛》裡，車子可以變形成為機器人。

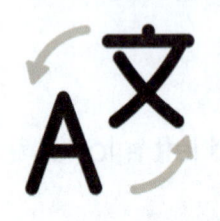

translate [trænzˈleɪt] 動 翻譯
translation [trænzˈleɪʃən] 名 翻譯
translator [trænsˈleɪtɚ] 名 翻譯者

We need to hire a **translator** to do translation.
我們需要雇用翻譯者來進行翻譯。

transport [trænˈspɔːrt] 動 名 運輸
transportation [ˌtrænspɚˈteɪʃən] 名 運輸工具

註：trans- (轉換) + port 港口 (運輸站)

We can take **public transport** to avoid traffic.
我們可以達成大眾運輸來避開車潮。

單字遊戲

traveler [ˈtrævələ-] 名 旅客, 遊客
註：travel (v) 旅遊

Experienced **travelers** will minimize their luggage.
有經驗的旅客懂得將行李最小化。

tray [ˈtreɪ] 名 托盤

Put the **tray** back when you finish using it.
托盤使用完畢後請歸位。

tremble [ˈtrɛmbəl] 動 名 發抖, 震顫

This poor man is **trembling**.
這位可憐的男子正在發抖。

tremendous [trɪˈmɛndəs] 形 巨大的, 大量的

I made a **tremendous amount** of money.
我賺了極大量的錢。

trend [ˈtrɛnd] 名 趨勢, 時尚
tend [ˈtɛnd] 動 傾向於, 容易於
tendency [ˈtɛndənsi] 名 趨勢, 傾向

Electric cars will start a new **trend**.
電動車將會開始一個新的趨勢。

中階英語單字 (T7)

tribe [ˈtraɪb] 名 部落, 種族
tribal [ˈtraɪbəl] 形 部落的, 種族的

Some people are still living in **tribal** life now.
現在仍有一些人過著部落生活。

---

tricky [ˈtrɪki] 形 棘手的, 需要用點技巧的

註：trick (n) 技巧, 把戲

This thing can be a bit **tricky** to do.
這件事要有些棘手(要用點技巧)。

---

triumph [ˈtraɪʌmf] 動 獲得勝利 名 勝利

That was a big **triumph**!
那真是個大勝利。

---

troop [ˈtruːp] 名 軍隊

Our **troops** are ready to fight.
我們軍隊準備好要打仗了。

---

tropical [ˈtrɑːpɪkəl] 形 熱帶的

註：tropic (n) 熱帶, 回歸線

I live in a **tropical** country.
我生活在一個熱帶國家中。

單字遊戲

troublesome [ˈtrʌbəlsəm] 形 麻煩的, 棘手的
註：trouble (n) 麻煩

This task is so **troublesome**.
這件事情太麻煩了。

trumpet [ˈtrʌmpɪt] 名 小喇叭, 小號

Do you play the **trumpet**?
你會吹小號嗎？

trunk [ˈtrʌnk] 名 樹幹

A hare is hiding behind the **trunk**.
一隻兔子躲藏在樹幹後方。

truthful [ˈtruːθfəl] 形 真心的
註：true (a) 真實的　註：truth (n) 事實

She is a **truthful** person.
她是一個真誠的人。

tub [ˈtʌb] 名 浴缸

I love soaking in a hot **tub**.
我喜歡泡在熱水浴缸裡。

295

中階英語單字 (T8)

tug ['tʌg] 動 名 用力拉, 拔河

Kids are playing **tug of war** in the backyard.
孩子們在後院裡玩拔河比賽。

tumble ['tʌmbəl] 動 重摔（四腳朝天）

Jim lost his balance and **tumbled** over.
Jim 失去重心重摔在地。

tune ['tu:n] 名 曲調, 歌曲

This **tune** sounds familiar to me.
這個曲調聽起來好熟悉。

tunnel ['tʌnəl] 名 隧道

This **tunnel** will link two cities together.
這個隧道會連結兩座城市。

tutor ['tu:tɚ] 動 名 家教, 小班教學

Jenny is **tutoring** math.
Jenny 正在教數學。

單字遊戲

twig [ˈtwɪg] 名 細枝, 嫩枝 動 理解, 懂得

A bird is perching on the **twig**.
一隻鳥兒在細枝上棲息。

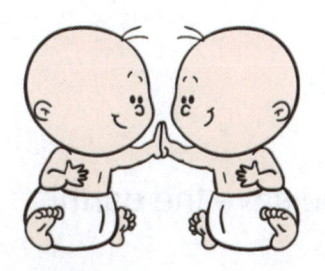

twin [ˈtwɪn] 形 名 雙胞胎(的)

We are **twin brothers**.
我們是雙胞胎兄弟。

twist [ˈtwɪst] 動 名 扭轉, 扭彎

You can decorate your drinks with a **lemon twist**.
你可以用旋轉狀檸檬皮來裝飾你的飲料。

中階英語單字 (U)

unique [juːˈnik] 形 獨特的

James is a **unique** person.
James 是一位獨特的人。

unite [juˈnaɪt] 動 團結
unity [ˈjuːnəti] 名 整體, 一致性
union [ˈjuːnjən] 名 工會, 結合

Let us all **unite** together and save the earth!
讓我們團結一致拯救地球！

universal [ˌjuːnɪˈvɝːsəl] 形 宇宙的, 萬用的, 通用的
字源：uni- (單一) + verse (versatile 多樣化的)

English is a **universal** language.
英文是通用的語言。

urban [ˈɝːbɛn] 形 都市的, 現代的

More and more people are moving into **urban areas**.
越來越多人搬進去都市區居住。

urge [ˈɝːdʒ] 動 催促
urgent [ˈɝːdʒɛnt] 形 緊急的, 急迫的

I'm sorry but it's very **urgent** right now.
很抱歉，但是這件事情非常緊急。

單字遊戲

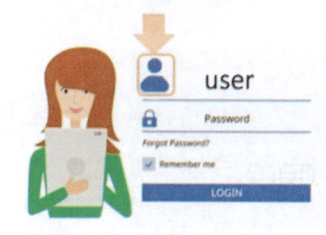

usage [ˈjuːsɪdʒ] 名 使用, 用法

註：use (v) 使用

Should parents control their children's internet **usage**?
父母是否應該控制孩子對於網路的使用方式？

underlying [ˌʌndɚˈlaɪɪŋ] 形 暗藏的, 深層的
underwear [ˈʌndɚˌwɛr] 名 內衣褲

註：lie 躺著(現在分詞 lying)

中階英語單字 (V1)

vacant [ˈveɪkənt] 形 空缺的
vacancy [ˈveɪkənsi] 名 空缺

We have a new **job vacancy** here.
我們這邊有一份新的工作職缺。

vain [ˈveɪn] 形 徒勞的 名 白忙

I feel all these years of my hard work may **go in vain**.
我覺得這幾年的努力工作都是一場空。

van [ˈvæn] 名 箱型車

A **van** is great for a family trip.
廂型車是適合家庭旅行。

vanish [ˈvænɪʃ] 動 消失

A phantom **vanished** in front of my eyes!
一個鬼魂在我的眼前消失了！

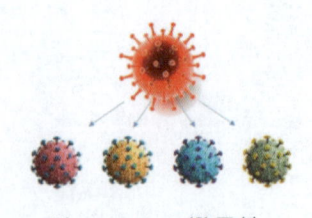

vary [ˈvɛri] 動 變化, 有所差異
various [ˈvɛriəs] 動 多樣化的
variety [vəˈraɪəti] 名 變化, 多樣化

Symptoms of Covid-19 can **vary** from person to person.
新冠病毒的症狀可能依不同人而有所差異。

註：variant 變異株

300

單字遊戲

vase [ˈveɪs] 名 花瓶

I bought a **vase** for my flowers.
我買了花瓶來裝花。

vast [ˈvæst] 形 廣闊的, 浩瀚的

Do you sometimes feel lost in this **vast** world?
在這個浩瀚的世界裡，你是否有時感到迷失呢？

vegetarian [ˌvɛdʒəˈtɛriən] 名 素食者 形 吃素的

I am **vegetarian**. I love vegetables.
我是素食主義者。我熱愛蔬菜。

vehicle [ˈviːhɪkəl] 名 交通工具 (通常指陸地交通工具)

Nowadays, we can travel with all types of **vehicles**.
現今，我們可以搭乘各種交通工具來旅遊。

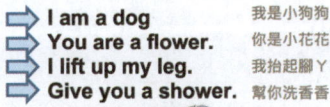

I am a dog　　　我是小狗狗
You are a flower.　你是小花花
I lift up my leg.　我抬起腳丫
Give you a shower.　幫你洗香香

註：poem 詩

verse [ˈvɝːs] 名 詩行, 詩詞

I love these funny **verses**.
我喜歡這幾行有趣的詩詞。

301

中階英語單字 (V2)

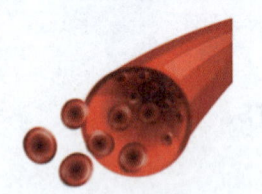

vessel [ˈvɛsəl]　名 器皿, 血管, 船艦

Blood vessels carry blood throughout the body.
血管攜帶血液流遍全身。

---

vest [ˈvɛst]　名 背心

All construction workers must wear **vests** at work.
所有的營建工人工作時都必須穿著背心。

---

victim [ˈvɪktəm]　名 受害者

Victims of the earthquake are crying out for help.
這場地震的受害者正在呼喊求救。

---

violent [ˈvaɪələnt]　形 暴力的
violence [ˈvaɪələns]　名 暴力
violate [ˈvaɪəlet]　動 違反(法律)
violation [vaɪəˈleʃən]　名 違反(法律)

Family **violence** is a serious issue.
家庭暴力是一項嚴重的議題。

---

violet [ˈvaɪələt]　名形 紫蘿蘭(的)
vivid [ˈvɪvəd]　形 鮮豔的

I like the **vivid color** of violet.
我喜歡紫羅蘭的鮮豔色彩。

302

單字遊戲

virtue [ˈvɜːtʃuː] 名 美德, 優點

Helping others is a great **virtue** of humanity.
幫助他人是人類一項很棒的美德。

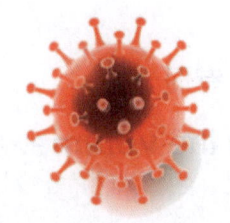

---

virus [ˈvaɪrəs] 名 病毒

Many people caught an unknown **virus** recently.
最近許多人得到了未知病毒。

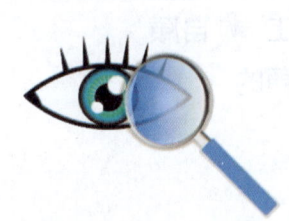

---

vision [ˈvɪʒən] 名 視野, 洞察力
visible [ˈvɪzəbəl] 形 可看見的
visual [ˈvɪʒuəl] 形 視覺的

My **vision** is getting poor.
我的視力越來越差。

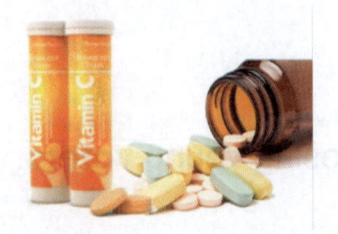

---

vital [ˈvaɪtəl] 形 活力的, 致命的
vitamin [ˈvaɪtəmɪn] 名 維他命

Vitamin C **plays a vital role** in the immune system.
維他命 C 在免疫系統中扮演著重要的角色。

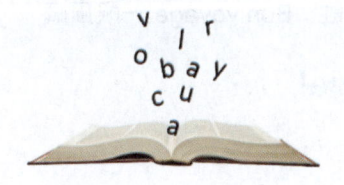

---

vocabulary [voˈkæbjuˌlɛri] 名 字彙

It's hard to read a book with limited **vocabulary**.
字彙太少是很難閱讀一本書的。

中階英語單字 (V3)

volleyball [ˈvɑːliˌbɒl] 名 排球

They are playing **beach volleyball**.
他們正在玩沙灘排球。

---

volume [ˈvɑːljuːm] 名 音量, 量, 卷冊

It's too loud. Please turn down the **volume**.
太吵了。請降低音量。

---

volunteer [ˌvɑːlənˈtɪr] 名 志工 動 自願
voluntary [ˈvɑːləntɛri] 形 自願的

We **volunteered** to help.
我們自願幫忙。

---

voter [ˈvoʊtɚ] 名 投票人

註：vote (v) 投票

This candidate is gradually losing young **voters**.
這位候選人漸漸喪失年輕選民。

---

voyage [ˌvɔjɛdʒ] 動 名 旅途　註：Bon voyage 一帆風順

Have a good trip! **Bon voyage**!
旅途愉快！祝您一帆風順！

304

單字遊戲

NOTE

中階英語單字 (W1)

wage [ˈweɪdʒ] (名) 薪水 (動) 進行, 從事

He received the first **wage** in his life.
他收到了人生中第一份薪資。

同義字：income, salary

---

wagon [ˈwægən] (名) 運貨車廂

He climbed onto a **wagon**.
他爬上了一個貨運車廂。

---

waken [ˈweɪkən] (動) 喚醒, 醒來

She should **waken** in an hour or so.
她應該在一個小時左右醒來。

註：waken = wake up

---

wander [ˈwɑːndɚ] (動)(名) 遊蕩, 徘徊

They are **wandering** around the city.
他們在這座城市徘徊遊蕩。

---

warn [ˈwɔːrn] (動) 警告

I have **warned** you already, haven't I?
我已經有警告你了，沒有嗎？

| 基礎衍生字彙 | → | **warmth** | (名) 溫暖 |
| 基礎衍生字彙 | → | **waterfall** | (名) 瀑布 |

單字遊戲

wax [ˈwæks] 名 蠟

The **wax** dripped down the side of the candle.
蠟液在蠟燭旁滴落下來。

weaken [ˈwiːkən] 動 削弱, 使~減弱
註：weak (a) 弱的

Stress hormones will **weaken** your immune system.
壓力的荷爾蒙會使你的免疫系統虛弱。

wealthy [ˈwɛlθi] 形 富裕的, 豐富的
註：wealth (n) 財富

Jimmy is living a **wealthy** life.
Jimmy 正過著富裕的生活。

同義字：rich

weapon [ˈwɛpən] 名 武器

We need **weapons** to fight back.
我們需要武器回擊。

weave [ˈwiːv] 動 名 編織

She is **weaving** a scarf.
她正在編織一件圍巾。

同義字：knit

中階英語單字 (W2)

web [ˈwɛb] 名 蜘蛛網, 網狀物
website [ˈwɛbˌsaɪt] 名 網站

We need to build a **website**.
我們需要建構一個網站。

wed [ˈwɛd] 動 舉行婚禮
註：wedding (n) 婚禮

We will **wed** in Paris.
我們會在巴黎辦婚禮。

同義字：marry 結婚

---

weed [ˈwiːd] 名 雜草

Some **weed** can grow right through concrete.
一些雜草可以直接從水泥地長出來。

基礎衍生字彙 → **weekly** 形 副 每週(的) 名 週刊

---

weep [ˈwiːp] 動 名 啜泣, 流淚

Did you hear someone **weeping** outside?
你有聽見有人在外面啜泣嗎？

同義字：cry

---

welfare [ˈwɛlˌfɛr] 名 福利

The **welfare** in this company is pretty good.
這間公司的福利相當好。

單字遊戲

wheat [ˈhwiːt] 名 麥

I prefer **whole wheat bread** over white bread.
我偏好全麥麵包勝過於白麵包。

whip [ˈwɪp] 動名 鞭打, 拍擊, 攪拌

The boss **whipped** his staff into a frenzy.
老闆把大家逼瘋了。(原意：鞭打到瘋狂)

whistle [ˈwɪsəl] 動 吹口哨 名 口哨

blow the whistle 揭發事實

We need to protect those who **blow the whistle**.
我們必須保護那些吹哨子(告密)的人。

wicked [ˈwɪkɪd] 形 邪惡的, 壞的

How can you be so **wicked**?
你怎麼可以如此的邪惡？

同義字：vicious

基礎衍生字彙 ⇒ **widen** 動 加寬

wink [ˈwɪŋk] 名 眨眼 (暗示動作)

She **winked** at me to give me a hint.
她對我眨眼給予暗示。

同義字：blink 眨眼(自然動作)

309

中階英語單字 (W3)

wipe [ˈwaɪp] 動 名 擦

Please **wipe** off the dust on the window.
請擦掉窗戶上的灰塵。

wisdom [ˈwɪzdəm] 名 智慧
註：wise (a) 有智慧的

He is a man of **wisdom**.
他是一個有智慧的人。

wit [ˈwɪt] 名 機智, 風趣, 才華
註：witty (a) 機智風趣的

Now he is **at his wit's end**.
現在他江郎才盡了（點子用光了）。

witch [ˈwɪtʃ] 名 女巫師
wizard [ˈwɪzərd] 名 男巫師

I've never met a **witch** before, have you?
我從來都沒看過巫師。你有嗎？

withdraw [wɪðˈdrɔː] 動 提款, 抽出, 撤離

I need to **withdraw** some money.
我需要提款。

單字遊戲

witness ['wɪtnəs] 動 目擊 名 目擊者, 證詞

He **witnessed** the whole scene.
他目擊了整個場面。

workout ['wɜr,kaʊt] 名 健身

Try some **workout** to improve your health.
試試健身來增進你的健康。

基礎衍生字彙 ➡ **workplace** 名 工作地點

wrap ['ræp] 動 包起來 名 保鮮膜

Can you **wrap** up the food for me, please?
你可以幫我把食物打包起來嗎？

wreck ['rɛk] 動 破壞 名 船難 (=shipwreck)

This old house will be torn down with a **wrecking ball**.
這間舊房子將會用破壞球拆掉。

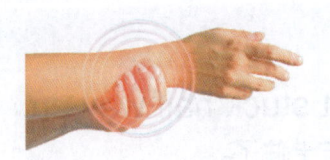

wrist ['rɪst] 名 手腕

My **wrist** is aching somehow.
不知為什麼我的手腕在痛。

中階英語單字 (YZ)

yawn [ˈjɒn]　動名 打哈欠

Why are you always **yawning** in the morning?
你怎麼總是在白天的時候打哈欠？

基礎衍生字彙 ➔ **yearly**　形 年度的

---

yell [ˈjɛl]　動名 吼叫, 歡呼

Stop **yelling** my name!
不要吼叫喊我的姓名！

同義字：shout

---

yolk [joʊk]　名 蛋黃

The cholesterol of an egg is found in the **yolk**.
一顆雞蛋的膽固醇都在蛋黃裡。

---

youngster [ˈjʌŋstɚ]　名 年輕人
youthful [ˈjuːθfəl]　形 青春活力的

註：young (a) 年輕的, youth (n) 年輕

She has a **youthful** spirit.
她有一顆青春的心靈。

old

---

zipper [ˈzɪpɚ]　名 拉鍊

The **zipper** on my jacket got stuck half way up.
我的夾克上的拉鍊在拉到一半的地方卡住了。

單字遊戲

zone [ˈzoʊn] 名 地區, 時區

The United States can be divided into six time **zones**.
美國的洲可以劃分計六個時區。

國家圖書館出版品預行編目(CIP)資料

破解英文 DNA. 單字篇. 中階英語單字 /
莊育瑞(Ryan H. Chuang)作. -- 初版.
-- 臺中市 : 譯術館, 2024.06
　　面 ;　　公分
ISBN 978-986-81709-5-7(平裝)

1.CST: 英語 2.CST: 詞彙

805.12　　　　　　　　113002409

破解英文 DNA—單字篇中階英語單字

作者：莊育瑞 (Ryan H. Chuang)

出版：譯術館（英語翻譯/出版社）

地址：台中市東區台中路 103 號 2 樓

電話：(04)2224-9713

Email：aesoptranslation@gmail.com

出版日：2024 年 6 月

定　價：560 元

ISBN：978-986-81709-5-7

本書如有破損頁面或印刷不良，
請寄回出版社更換，謝謝。